AF188734

39 Stufen

Seelenleuchten

© 2018 Werner Röschl
Herstellung und Verlag: BoD – Books on Demand, Norderstedt.
ISBN: 9783748138099

Die erste Stufe – Paradies

Ich konnte die Person schräg vor mir kaum erkennen. Eigentlich erahnte ich lediglich, dass dort jemand war. Weder konnte ich ihre Gestalt erkennen, noch ob sie stand oder saß. Geschweige denn, ob es ein Mann oder eine Frau war. Genau genommen war ich mir nicht einmal sicher, ob es sich überhaupt um einen Menschen handelte.

„Wo möchten sie denn hin?"

Die Stimme war angenehm, vielleicht ein tiefer Bariton oder, falls es sich um eine Frau handelte, vielleicht ein hohes Alt. Falls ... Vielleicht ...

„Da ich keine Ahnung habe, wo ich mich befinde, fällt es mir schwer, ihnen eine sinnvolle Antwort zu geben! Können sie mir vorher vielleicht erklären, wo ich bin?"

„Im Prinzip nennen wir es den Raum des Erwachens."

„Und wo befindet sich dieser >Raum des Erwachens<? In einem Krankenhaus? In einer Klinik?"

„Möglicherweise wäre der Begriff Klinik gar nicht so weit abseits. Aber dennoch: Wohin möchten sie?"

„Ich bin geneigt ihnen mit >Nach Hause< zu antworten. Jedoch scheint mir aus irgendeinem Grunde diese Möglichkeit verwehrt zu sein!"

„Da haben sie völlig Recht. Jedenfalls wenn sie diese drei Kammern in diesem Haus am Hang neben dieser Straße meinen. Andererseits: In einem ganz bestimmten Sinne sind sie auch hier zu Hause. Das hängt wohl vom Blickwinkel ab. Eventuell auch von der Sichtweise."

„Woher wissen sie, wo ich wohne?"

„Ich weiß so manches. Aber lassen wir das vorläufig. Gibt es sonst noch einen Ort, an den sie gerne möchten?"

„Wie wäre es mit >Paradies<? Obwohl ich denke, dass diese Möglichkeit ebenso außerhalb meiner verfügbaren Möglichkeiten

liegt!"

„Hier irren sie. Obgleich sie noch einen weiten Weg vor sich haben!"

Jetzt erst merkte ich, dass die Person, die mit mir sprach, bereits sehr nahe war. Dabei hatte ich den Eindruck gehabt, dass wir uns beide nicht vom Fleck bewegt hatten. Nun konnte ich die Person auch etwas genauer sehen. Wiewohl >sehen< ganz gewiss die falsche Bezeichnung für meine Wahrnehmung war. Insgesamt hatte ich vielmehr den Eindruck, diese Person zu …, zu …. >erkennen<. Nein, nicht so, wie man einen alten Bekannten erkennt, sondern eher so, wie man sich eine Erinnerung ins Gedächtnis ruft.

„Welchen Weg?"

„Den Weg der neununddreißig Stufen. Aber das bedeutet nicht, dass sie hier eine Treppe vorfinden, welche sie bloß hochzusteigen hätten. Nein, so funktioniert das nicht. Sie müssen bei jeder Stufe Rechenschaft ablegen. Was wiederum nicht heißt, dass alle möglichen ihrer gewiss vorhandenen Verfehlungen beurteilt werden. Diese wurden bereits beurteilt. Genauso wie ihre ebenso vorhandenen tugendhaften Taten. Rechenschaft heißt in unserem Fall: Wie stellen sie sich ihr neues Leben vor? Wovon denken sie, dass es abhängt? Welche Vorstellungen haben sie vom Paradies, oder wie immer sie diesen Zustand oder diesen Ort zu bezeichnen wünschen. Und ähnliches mehr."

„Das hier ist also so etwas wie eine Prüfung?"

„Wenn sie es so sehen wollen: Ja."

„Und was hat mich dafür qualifiziert?"

„Ihr Ableben."

„Ich bin also tot?"

„So gewiss wie sie hier vor mir stehen!"

Irgendwie hatte ich das nicht erwartet und andererseits auch wieder doch. Mir war ein wenig schwindelig und einen kurzen Moment konnte ich nicht klar denken. Nach diesem kurzen Moment konnte ich plötzlich alles ganz klar sehen. Und jetzt meine ich wirklich sehen. Der Mann vor mir – oder war es doch eine Frau? – war in einen sehr hellen kaftanähnlichen

Mantel gehüllt und saß auf einer Art Schreibtisch. Auf diesem befand sich sichtlich sonst nichts.

Er oder sie war relativ groß, so etwa einen Meter neunzig, hatte blondes, leicht rötliches Haar und war mit einem, wenigstens für meine Begriffe, sehr ebenmäßigem Gesicht ausgestattet, welches mir freundlich zulächelte. Seine Hautfarbe jedoch war mir ein Rätsel: Sehr, sehr hell, fast weiß, aber nicht kalkweiß, sondern so als hätte es nie die Sonne gesehen. Jedenfalls heller als >noblesse oblige<.

„Wie ich sehe, sind sie eben angekommen! Bis vor ein paar Augenblicken war nämlich noch nicht klar, ob sie es hierher schaffen oder nicht!"

„Heißt das, dass ich davor noch gar nicht richtig tot war?"

„So ist es. Ein Arzt hätte es fast geschafft, ihrem Herzinfarkt ein Schnippchen zu schlagen. Aber nun sind sie ja glücklicherweise hier."

„Wieso glücklicherweise? Wäre mein Weiterleben so furchtbar verlaufen?"

„Nicht gerade furchtbar, aber doch mit erheblichen Einschränkungen."

„Nun, mir soll es recht sein. So wie es ist, ist es. Das war immer meine Devise: Mach aus jeder Situation soweit es geht das Beste!"

„Eine kluge Entscheidung! Sie dürfen die erste Stufe als absolviert betrachten!"

Damit verschwand diese Person und mit ihm auch der Schreibtisch, auf welchem er gesessen hatte. Nun konnte ich meiner Umgebung etwas mehr Aufmerksamkeit widmen als zuvor. Allerdings erbrachte diese erhöhte Aufmerksamkeit meiner gesamten Umgebung gegenüber nichts als mehr oder weniger nichtssagendes Weiß, vielleicht eine Spur heller als das Gesicht der eben verschwundenen Person.

Einen Moment lang fragte ich mich, wie es wohl weitergehen mochte, dann aber gab ich mich mehr meiner Neugier hin und überlegte, was wohl die Rechtfertigung der ersten Stufe bewirkt hatte.

Die zweite Stufe – Fremdrassen

Ich hatte mich eben dazu durchgerungen, die Antwort >Mach das Beste aus jeder Situation< als gelungene Rechtfertigung zu betrachten, als mir auffiel, dass ich nicht mehr alleine war. Sofort wandte ich meine gesamte Aufmerksamkeit dieser neu erschienenen Person zu.

Sie hätte ein vollkommenes Ebenbild der vorherigen Person sein können. Hätte. Denn sie unterschied sich in zwei ganz wesentlichen Punkten. Erstens: Es handelte sich diesmal ganz eindeutig um eine Frau und zweitens: Sie hatte nicht das glatte und kurze Haar ihres Vorgängers, sondern leicht gewelltes, in etwa schulterlanges Haar.

Wenn ich sage >eindeutig eine Frau<, dann meine ich damit, dass ihre gesamte Ausstrahlung ganz entschieden weiblich war! Und dennoch irrte ich mich offenbar, denn sie sprach mich mit einem so tiefen Bass an, wie ich ihn noch nie vorher vernommen hatte.

„Wieso möchten sie ins Paradies?"

Das war nun nicht gerade die Frage, die ich erwartet hatte. Aber welche Art von Frage hatte ich eigentlich erwartet? Ich sollte mich wohl besser damit abfinden, dass es für mich sicherlich unvorhersehbar blieb, was mich als nächstes erwartete.

„Ist das letztendlich nicht das Ziel aller denkenden Wesen?"

„Nicht unbedingt. Damit meine ich nicht andere Bezeichnungen wie Garten Eden oder Walhalla. Es gibt jedoch eine ganze Menge denkender Wesen, welche sich nach ihrem Tod nichts weiter erwarten als das Nichts!"

„Ist das für denkende Wesen nicht ungewöhnlich? Sollte ein klarer Verstand nicht ganz von selbst auf die Idee eines >Nächsten Lebens< kommen?"

„Es gibt viele Arten zu denken und nicht alle sind in ihrem

Sinne logisch. Oder genauer gesagt, es gibt viele Arten von Logik."

„Ist es denn nicht traurig, dass sich ein denkendes Wesen damit abfindet, dass es nichts weiter als das eine Leben gibt?"

„Für dieses Wesen muss das nicht notwendigerweise traurig sein. Vielleicht sieht es in dem, wodurch sein Dasein lebenswert wird, auch schon die erstrebenswerte Erfüllung!"

„Was empfinden diese Wesen dann, wenn sie feststellen, dass dieses eine Leben noch nicht alles war?"

„Am besten sie fragen eines."

Was ich nach dieser Eröffnung erleben musste, war eher skurril denn außergewöhnlich. Ich hatte zwar nicht unbedingt einen Agnostiker erwartet, aber zum mindesten einen Menschen – und keineswegs einen Strauch! Was, bitte, sollte ich mit einem Strauch?

Okay, es war natürlich kein Strauch, wie sie ihn sich vielleicht gerade vorstellen. Ich wählte diesen Begriff lediglich deshalb, weil ich mir bis zu diesem Zeitpunkt keinerlei Gedanken darüber gemacht hatte, wer oder was alles denkende Wesen sein könnten. Und selbstverständlich auch deshalb, weil er neben einem >Stamm< ungefähr zehn tentakelartige Füße besaß, welche am Stamm relativ dick, dem Boden zu jedoch immer schlanker wurden, bis sie in kleinen krallenartigen Spitzen endeten.

Weiter besaß das Wesen eine Art Krone aus einem Geflecht von hunderten fingerdicken aber nichtsdestotrotz haarähnlichen Auswüchsen. Das obere Ende des etwa oberschenkelstarken Stammes wurde durch einen zirka melonenartigen >Kopf< abgeschlossen, dem dieses Geflecht von Haaren entwuchs.

Zudem war dieser Kopf sichtbar mit offensichtlich sehfähigen, aber jedenfalls lichtempfindlichen >Augen< samt den wahrscheinlich dafür unerlässlichen Lidern ausgestattet. Ebenso war er mit einer ungefähr kaffeetassengroßen verschließbaren Öffnung versehen, welche nicht weiter erkennbaren Zwecken dienen mochte, die jedoch jedenfalls auch zum

>Sprechen< genutzt werden konnte.

Diesem Wesen sah ich mich also gegenüber und musste vorerst einmal zweimal schlucken, bevor ich begriff, dass ich mich tatsächlich mit ihm verständigen sollte. Da meine Prüferin davon gesprochen hatte, dass nicht alle denkenden Wesen ein >Leben danach< als möglich erachteten, hatte ich es wohl mit einem solchen zu tun.

Da ich nicht wusste, ob oder wie mich dieses Geschöpf wahrnahm, entschied ich mich einmal dafür es freundlich anzusprechen.

„Ich wünsche ihnen einen angenehmen Tag!"

„Was soll am Tag meines Dahinscheidens angenehm sein?" Erwiderte das Wesen.

„Woher wollen sie wissen, dass sie heute sterben werden?"

Ich war vor allem darüber erstaunt, dass diesem Geschöpf diese Tatsache offensichtlich nicht nur bekannt war, sondern auch, dass es ebenso offensichtlich nicht zu vermeiden war.

„Sehen sie nicht, dass ich bereits jeden Kontakt zu meiner Nahrung verloren habe? Es muss ihnen doch bekannt sein, dass ich an dem Tag, an welchem ich keinerlei Nahrung und vor allem auch keine Flüssigkeit mehr aufnehmen kann, unvermeidlich verdorre!"

Wurde mir mit Verwunderung ob meiner Unwissenheit entgegnet.

„Aber sie haben doch noch Kontakt! Oder was übersehe ich?"

„Soll ich vielleicht mit diesen kleinen kaum noch beweglichen Fingern ..." – diese krallenartigen Enden waren also Finger! – „... nach Flüssigkeit graben? Und dazu noch in meinem Alter! Nein, das ist völlig unmöglich!"

„Gibt es denn niemanden, der ihnen dabei behilflich sein könnte?"

„Oh! Da kennen sie meine Familie aber schlecht! Die sind heilfroh, dass sie mich aus diesem Revier, das sowieso nicht mehr viel hergibt, loswerden!" Seltsamerweise sprach aus seiner Stimme keine Verzweiflung sondern eher so etwas wie Schicksalsergebenheit.

„Gibt es bei ihnen keine Werkzeuge, welche ihnen die erforderlichen Tätigkeiten abnehmen können?"

„Und wie sollen mir diese Werkzeuge danach die Nährstoffe zuführen? Sie scheinen mir reichlich weltfremd zu sein, wenn sie nicht einmal wissen, dass ich meine Nahrung nur durch die Fingerkapillaren aufnehmen kann!"

„Also gut. Sie mögen verdorren. Das mag ein sehr schmerzlicher und womöglich auch langwieriger Vorgang sein, den ich sehr bedauere, aber das ist nicht das Ende der Welt! In ihrem nächsten Dasein werden sie danach sicherlich wieder Lebensfreude gewinnen!"

„Welches nächste Dasein? Jeder weiß und kann doch auch sehen, dass nach dem Verdorren nur noch rasch verdorrendes Gewebe übrig bleibt, das lediglich noch den Insekten als Nahrung dienen kann. Wie sollte da eine weitere Existenz möglich sein?"

Während des bisherigen Gespräches hatte ich festgestellt, dass ich auf dieses Wesen ganz normal wirkte und hatte mich selbstverständlich gefragt, woran das liegen mochte. Nun stellte ich fest, dass mein Äußeres diesem Geschöpf in jeder beliebigen Weise glich! Ich hatte zwar keine individuellen Empfindungen bezüglich meiner Extremitäten, jedoch so ein allgemeines Gefühl von ungewohnter Beweglichkeit! Daher hatte ich auch keinen gar zu fremden Eindruck erweckt.

Ich musste meine Fragen also anders stellen.

„Warum denken sie, dass zu einem weiteren Leben unbedingt ihr jetziger Körper von Nöten ist?"

„Wie sonst sollte das gehen? Wie ihnen ganz gewiss bekannt sein wird, befindet sich unser gesamtes Denken und Fühlen im Gehirn. Und womit, bitte, sollte ich ‚danach' denken und fühlen, wenn das Gehirn nicht weiter existiert?"

„Woher nehmen sie die Gewissheit, dass sie ohne Gehirn nicht denken und fühlen können? Sind das nicht eher energetische Vorgänge, welche auch ohne diese physischen Träger-elemente funktionieren könnten?"

„Ach, setzen sie mir bloß keine Flausen in den Kopf! Ich habe mich mit der Tatsache des endgültigen Dahinscheidens abgefunden und basta. Darüber hinaus bin ich mit meinem Leben sehr zufrieden. Schließlich war ich der Erste, der den Ozean der Tränen lebend überquert hat! Darauf alleine könnte ich schon stolz sein!"

„Den Ozean der Tränen?"

„Ja. Ich hatte die Idee ein großes gut durchwachsenes Stück Boden auf eine schwimmfähige Plattform zu legen und mit der Hilfe von dreißig kräftigen Ruderern, deren einer ich selbst war, das andere Ufer des Ozeans zu erreichen. Zweimal schien der Versuch schon zu scheitern, aber letztlich haben wir es doch geschafft!"

„Wenn ich ihnen aber sage, dass sie sich bezüglich des Weiterlebens aber irren? Wenn ich ihnen sage, dass ich selbst schon in einem dieser weiteren Leben existiere?"

„Dann würde ich sie einen Lügner und Scharlatan nennen und wollte mit ihnen nichts mehr zu tun haben!"

Damit verschwand er, oder wahrscheinlich eher ich, denn ich fand mich augenblicklich wieder meiner Prüferin gegenüber.

„Nun? Haben sie genug begriffen?"

„Ja, aber noch weilt er ja in seiner alten Gestalt!"

„Nicht mehr lange. Er wird sehr bald hier auftauchen."

Danach war ich wieder alleine im Raum des Erwachens. Oder war dies ein anderer? Ich hatte keine Ahnung und es war mir auch egal. Ich war lediglich neugierig, was mein letzter Gesprächspartner wohl sagen würde, wenn er hier ankam. Jedenfalls hoffte ich, dass ich diesem Geschöpf noch einmal begegnen würde.

Ich hatte keine Ahnung wie viel Zeit verstrichen war, und dass der Begriff Zeit hier wahrscheinlich sowieso völlig anders zu interpretieren war schien ebenso klar zu sein, als er plötzlich wieder vor mir stand. Und obwohl er jetzt natürlich gänzlich anders aussah – Nein, nicht etwa wie ein Mensch! Er war noch immer ein Strauch, aber er war sichtlich sehr viel jünger und kräftiger und sein Gehirn war noch nicht so ein wirres Geflecht – erkannte ich ihn sofort wieder. Und auch er mich.

„Wie bin ich hierhergekommen? Eben dachte ich noch, dass ich diese Qual nicht mehr länger ertragen kann, als sie auch schon zu Ende war."

„Sie kamen her, wie alle anderen Lebewesen, die in ihre neue Existenz wechseln."

„Aber es gibt doch kein Leben danach! Das weiß doch jeder, es ist doch auch völlig unmöglich!"

„Wie sie offensichtlich selbst sehen können: All diese >Jeder< irren!"

„Aber das müsste doch bekannt gemacht werden! Wie viel Leid könnte dadurch vermieden werden, und wie viel Trauer! Man könnte die endlosen Qualen verkürzen und freiwillig aus dem Leben scheiden!"

„Dann würden sie jedoch vielleicht nicht hier, sondern in einem weitaus unangenehmeren weiteren Leben landen! Sie sind nur deshalb hier, weil sie eben nicht freiwillig gegangen sind!"

„Was könnte das schon für einen Unterschied machen?"

„Zum Beispiel könnten sie nicht so jugendlich wie jetzt sein. Sie könnten ihren alten Körper mit all seiner Qual beibehalten haben und müssten womöglich sehr lange diese Qualen erdulden, bevor sie hierher kämen!"

„Das wäre ja furchtbar! Ich darf gar nicht an meine Urgroßmutter denken, diese hat sich aus Gram über den frühen Tod ihres Lieblingssohnes in den Ozean gestürzt und ertrank."

„Nennen sie ihn deshalb den Ozean der Tränen?"

„Ja, unter anderem. Jedenfalls hoffe ich für sie, dass sie nicht allzu lange Qualen erdulden muss. Immer vorausgesetzt, dass das was sie sagten auch richtig ist."

„Ich weiß nicht ob es richtig ist, aber ich weiß, dass ein freiwilliges aus dem Leben scheiden falsch ist!"

Ansatzlos wurde mein Gesprächspartner durch meine Prüferin ersetzt.

„Betrachten sie die zweite Stufe als absolviert."

Sagte sie nur und war ebenso rasch verschwunden wie alles übrige auch.

Die dritte Stufe – Suizid

Ich überlegte, was diese neuerliche Rechenschafts-beurteilung wohl verursacht haben könnte. Meine Reaktion auf die Fremdartigkeit? Wohl kaum. Hatte ich doch selbst in ganz ähnlicher Gestalt vor und mit diesem Wesen gesprochen.

Allerdings: Meine eigene ‚Fremdartigkeit' war mir ja erst später während des Gespräches bewusst geworden. Meine Vermutung über die veränderten Bedingungen bezüglich Suizide? War doch nur ein Schuss ins Blaue. Oder steckte doch mehr dahinter? Keine Ahnung.

Also kam ich mit mir selbst überein, diese Dinge gar nicht erst zu hinterfragen. So groß war meine Neugier nun auch wieder nicht. Ich wollte mich ganz einfach auf die jeweilige Situation vorurteilslos einstellen und danach sehen, was passierte.

Auch wollte ich dem jeweiligen Prüfer beziehungsweise der jeweiligen Prüferin genauso vorurteilslos gegenübertreten, wie allen allfälligen Wesen von für mich fremder Herkunft. Sei es wie es sei, ich wollte das eigentliche Ziel, die Absolvierung der 39 Stufen, nicht aufgrund mehr oder weniger haltloser Speku-lationen aus den Augen verlieren.

Wie ich bei dem Gespräch mit dem ‚Strauch' erfahren durfte, war selbst meine eigene Gestalt hier offensichtlich nicht formstabil sondern amorph. Daraus konnte ich zweifelsfrei den Schluss ziehen, dass dies für die Prüfer wohl ebenso galt. Ob das nun ihrem eigenen Wunsch entsprach oder nicht, war eigentlich bedeutungslos.

Und so war ich weder erstaunt noch verunsichert, als mir als nächstes ein Kind gegenüber stand. ‚Stehen' war übrigens wahrscheinlich ebenso falsch wie ‚Kind'. Warum? Der Untergrund auf welchem wir uns bewegten war genauso amorph, wie wir selbst. Zwar schien er unnachgiebig zu sein, aber irgendwie schien es auch, als würden wir etwas in den Boden eingesunken

‚stehen'.

Und dann: ‚Kind'. Es hatte dermaßen alte und wissende Augen, welche eher zu einem Greis gepasst hätten, als zu dem dargestellten kindlichen Wesen. Auch die Frage, die mir das Kind stellte bezeugte diese Art Wissen.

„Warum haben sie, gegenüber diesem Geschöpf mit dem sie sprachen, den Suizid ins Spiel gebracht?"

„Er schien den Selbstmord als Lösung seiner und der Probleme Anderer anzusehen."

„Und sie finden das nicht?"

„Nein. Ich empfinde es als Flucht. Meiner Meinung nach gibt es so gut wie immer einen Ausweg."

„Auch bei extremen körperlichen Schmerzen oder bei angedrohten physischer Vergeltung?"

„Gott sei Dank war ich nie in einer derartigen Situation. Aber ich denke es käme wohl darauf an, wie diese Situation entstand. Vielleicht hätte sie durch kluges Verhalten vermieden werden können?!"

„Sie meinen sich selbst bewusst und absichtlich zu töten sei eine Flucht? Eine Flucht wovor?"

„Soweit ich es begreife: Vor den Konsequenzen einer Tat, welche sie besser nicht, oder zumindest nicht so, begehen hätten sollen."

„Betrachten sie die dritte Stufe als gerechtfertigt."

Und so unauffällig wie es erschienen war verschwand das Kind auch schon wieder. Ich war wieder allein. Oder doch nicht? Irgendwie wurde ich das Gefühl nicht los, dass ich pausenlos beobachtet wurde. Im Prinzip so, als ob ich ohne mein Wissen in einer Reality-Show mitwirken würde.

Drei Stufen. In Wahrheit hatte ich noch keinen Schritt getan, schon gar nicht auf einer Treppe. Und dennoch fühlte ich so etwas wie ein Gefühl der Erhabenheit. Oh nein! Ich war nicht stolz auf irgendeine meiner offenbar hier erbrachten Leistungen, wobei ich noch nicht einmal wusste welcher Art diese Leistungen hätten sein sollen. Aber: Ich fühlte mich gut und es schien, dass ich auf dem richtigen Weg war.

Die vierte Stufe – Dimensionen

An diesem Punkt angelangt, hatte ich das Gefühl, einen wichtigen und wesentlichen Schritt vorwärts getan zu haben. Die Zahl drei hat bei vielen, wenn nicht sogar bei allen Zivilisationen eine große Bedeutung. Für mich ist sie vor allem deshalb so bedeutsam weil ein Stuhl auf drei Beinen sicher stehen kann. Er wackelt nicht, selbst auf unebenem Grund und man kann sich auf seine Standfestigkeit verlassen. Vielleicht ist die Standfestigkeit überhaupt ein universelles Prinzip? Wer kann das schon sagen?

Die Zahl vier hat nach dieser Überlegung eine ähnliche Funktion. Was die Drei für die Ebene bedeutet, bedeutet die Vier für den Raum. Die vier Ecken einer gleichseitigen Pyramide bewirken, dass sie nicht ‚rollen' kann. Sie bleibt immer auf einer der vier gleichseitigen Dreiecke ‚stehen'!

In gewisser Weise stand ich also nun auf einer Stufe, welche um eine Dimension höher war, als die vorherige. Ein interessanter Gedanke.

„Beschäftigen sie sich öfters mit höherdimensionalen Fragen?"

Mein neuer Prüfer saß auf der Spitze einer dieser aus gleichseitigen Dreiecken bestehenden Pyramide und sah fragend zu mir herüber. Er schien, obwohl er sich sichtlich auf einer höheren Position befand nicht höher als ich zu sitzen. Ich saß im Übrigen auf dem oben beschriebenen dreibeinigen Stuhl.

„Nur wenn ich gerade über bestimmte Zahlen oder Werte nachdenke."

„Und ihre augenblickliche Situation hat sie also dazu animiert?"

„Gewiss. Der Übergang von der dritten zur vierten Stufe schien mir ein besonderer Aspekt meines Weges zu sein."

„Wie denken sie über noch höhere Dimensionen?"

„Es ist schwierig damit zu Rande zu kommen. Meine Vorstellungskraft reicht gerade noch aus um mir ein ungefähres Bild einer vierten Dimension des Raumes zu machen, aber alle höheren kann ich selbst mathematisch nur schwer begreifen!"

„Wie vieldimensional denken sie dass sie selbst sind?"

„Ich habe keine Ahnung, aber verschiedene Aspekte meiner Gedanken, beziehungsweise meiner Empfindungen, und wie ich mir das Universum so in seiner Gesamtheit vorstelle, erweckt in mir den Eindruck von zwölf."

„Könnten sie das irgendwie begründen?"

„Nein. Es ist lediglich das Resultat bei dem ich für alle bereits bekannten und eventuell noch zu entdeckenden Eigenschaften des Alls ausreichende Ressourcen vorfinde!"

„Ist es ein Zufall, dass zwölf gerade dreimal vier ist? Oder verbirgt sich hier eine gewisse Absicht dahinter?"

„Ich glaube zwar nicht an Zufälle als solches, aber es wäre durchaus möglich, dass es sich dabei tatsächlich um einen, wenngleich unbewussten, Zufall handelt!"

„Nun, dann nehmen sie diesen Zufall in die fünfte Stufe mit!"

Und bevor ich noch richtig wusste wie mit geschah, war ich auch schon wieder alleine.

Die fünfte Stufe – Eigenschaften

„An welche Eigenschaften des Alls dachten sie bei ihren Dimensions-Betrachtungen?"

Diesmal war es tatsächlich eine Frau. Sie sah ganz einfach überaus gut aus. Das heißt, gut ist gar kein Ausdruck: Super! Sie hätte wohl jeden noch so überheblichen Filmstar in den Schatten gestellt: Langes aschblondes Haar das bis über den halben Rücken fiel. Beine bis zum Hals, wie man so zu sagen pflegte. Und überhaupt eine Barbie-Figur. Dazu die glatteste Haut gepaart mit einem haselnussbraunen Teint. Ich war schlicht und einfach nur hingerissen. Die Frage hatte ich wohl gehört, konnte mich aber schon nach kürzester Zeit nicht mehr daran erinnern.

„Sie haben meine Frage verstanden?"

„Oh! Entschuldigen sie vielmals! Ich bin ganz einfach abgelenkt von ihrem Aussehen. Ich weiß, ich sollte mich besser beherrschen, aber es gibt eben Situationen, in denen man von Emotionen überflutet wird, ob man es will oder nicht! Also würden sie, bitte, die Frage wiederholen?"

„An welche Eigenschaften des Alls dachten sie bei ihren Dimensions-Betrachtungen?"

„Ich dachte vor allem an die noch weitgehend unerforschten Quanten-Eigenschaften, da muss sich einiges an Dimensionalität dahinter verbergen. Außerdem an so Dinge wie Telepathie, Überlichtgeschwindigkeit, Schwarze Löcher, Teleportation, et cetera. Solche Sachen eben."

„Und sie denken, das alles ist in höheren Dimensionen angesiedelt?"

„Es scheint mir eine sinnvolle Ergänzung. Im Übrigen würde ich nicht unbedingt von höheren Dimensionen sprechen, eher von gleichwertigen. Die übliche Definition mit der einen Zeit- und den drei Raum-Dimensionen scheint mir ganz einfach zu eng."

„Und wie denken sie nun, da sie hier sind, darüber?"

„Ich sehe keinen Grund, warum ich deshalb meine Meinung revidieren sollte!"

„Erwarten sie hier Antworten auf ihre diesbezüglichen Fragen zu dieser Vorstellung zu erhalten?"

„Nun, ich denke vor allem, dass ich hier viel lernen und Erfahrungen sammeln darf und kann."

„Eine interessante Formulierung: ‚Erfahrungen sammeln darf'! Sind sie der Meinung, dass sie hier quasi eine Art Ausbildung erhalten?"

„Vielleicht noch nicht hier, aber ich vermute nach dem Absolvieren der neununddreißig Stufen. Und überhaupt: Heißt Leben nicht Lernen? Also im Prinzip Erfahrungen sammeln. Und anwenden selbstverständlich, ansonsten wäre es wohl kein Lernen."

„Möchten sie denn noch etwas lernen?"

„Auf der faulen Haut liegen finde ich fad. Wenigstens normalerweise."

„Haben sie während ihres bisherigen Hierseins schon Gelegenheit zum Lernen gefunden?"

„Oh ja! Ich war zum Beispiel sehr dankbar, dass mir die Möglichkeit geboten wurde, mich mit einer mir bisher fremden Existenz zu unterhalten!"

„Inwiefern hatte das einen Lerneffekt?"

„Durch diese Begegnung konnte ich vor allem meine Toleranzgrenze überprüfen. Außerdem vermittelte mir die Art der Nahrungs- und/oder Energieaufnahme einen interessanten Ansatzpunkt dafür, wie vielfältig doch die Natur der Evolution ist."

„Sind sie mit ihrem Toleranzverhalten zufrieden?"

„Leider nicht so sehr, wie ich es gerne hätte. Natürlich verfalle ich nicht sofort in Hysterie, wenn mir Unbekanntes begegnet. Aber irgendwie hatte ich den Eindruck, dass ich zu wenig sensibel auf seine Aussagen reagierte."

„Dann darf ich ihnen mitteilen, dass ihr Toleranzniveau hoch genug für die sechste Stufe ist."

Und weg war meine schöne Prüferin. Ich dachte kurz darüber nach, inwieweit ihre Aussage über das Toleranzniveau bezüglich der nächsten Stufe bedeutsam sein konnte. Kam jedoch zu keinem vernünftigen Schluss. Wenn mich als nächstes ein kleines grünes Mars-Männchen befragte dann sollte es mir nur Recht sein. Ich wollte sowieso schon immer wissen, ob es sie auch tatsächlich gibt und wenn, ob sie so aussehen, wie es üblicherweise kolportiert wird.

Dabei kam mir ein anderer Gedanke in den Sinn: Meiner Meinung nach waren all diese Prüfer nicht in ihrer natürlichen Gestalt vor mich getreten. Das bedeutete natürlich nicht, dass sie in Wahrheit wie Monster aussehen mussten. Folgerichtig schloss ich daher: Es handelte sich im jedem Fall um dasselbe Wesen! Die unterschiedliche Gestalt sollte mir vermutlich nur den Eindruck vermitteln, dass ich gewissermaßen ‚weiterkam'.

Wie dem auch sei, ich war damit zufrieden.

Die sechste Stufe – Toleranz

„Woran denken sie, dass man Toleranz am besten erkennt?"
Es war kein kleines grünes Männchen, aber es hatte schon
eine fatale Ähnlichkeit mit einer etwas zu groß geratenen Spinne.
Nun, nicht eines dieser haarigen Monster, wie sie gerne in
Horrorfilmen gezeigt werden, aber immerhin hatte das Geschöpf
einen insektenartigen Kopf mit einer Reihe von vier Facetten-
augen und, soweit ich es erkennen konnte, wenigstens sechs
bewegliche Gliedmaßen an deren vorderen Enden sich klauen-
artige Finger befanden.

Da seine Sprache zwar eher krächzend ansonsten jedoch
freundlich war, vermittelte es durchaus einen angenehmen
Eindruck. Seltsamerweise war es bekleidet! Irgendwie hatte ich
das nicht erwartet. Jedoch, auch wenn sich seine Kleidung, von
der für mich gewohnten Art sich zu kleiden, sehr deutlich
unterschied, so empfand ich sie durchaus adrett.

Ja doch, es fiel mir keine bessere Bezeichnung dafür ein als
adrett. Sie war in leuchtenden pastelligen Farben gehalten, mit
einer Art von Rüschen verziert, und wirkte durch ihre lockere,
weite Art sehr bequem.

„Bei uns gab es eine Redewendung: ‚Bei den meisten
Menschen hört die Toleranz auf, wenn es das eigene Kind betrifft.'
Falls diese Einschränkung ihre Gültigkeit verliert entsteht echte
Toleranz. Finde ich wenigstens."

„Und sie persönlich: Wo liegt ihre Toleranzgrenze?"

„Bei ekelerregenden Ausprägungen. Beispielsweise bei
unangenehmen Gerüchen. Eventuell auch bei einem Äußeren,
das man bei Berührung als unangenehm empfindet. Jedenfalls,
soweit es das Äußere eines Geschöpfes betrifft."

„Und sonst? Was kann sie sonst noch stören?"

„In erster Linie Uneinsichtigkeit und beharren auf der
eigenen Meinung als Maß aller Dinge. Mehr jedoch noch

grundlose und in böser Absicht ausgeübte Gewalttätigkeit."

„Stört das nicht das Prinzip der allgemeinen Meinungsfreiheit?"

„Wie denn? Uneinsichtige Sturheit spricht anderen doch grundsätzlich dessen Meinungsfreiheit ab! Und jemandem aus purer Lust Schaden an Leib oder Seele zuzufügen mindestens ebenso!"

Ohne dass ich irgendeine besondere Aktivität oder sonstige Reaktion bemerkt hätte stand anstelle der Spinne urplötzlich ein unbeschreibliches Wesen vor mir. Unbeschreiblich vor allem deshalb, weil mir absolut nichts Vergleichbares dazu einfiel. Wenn ich es amöbenhaft nenne, so impliziert das dennoch etwas deutlich begrenztes und in gewisser Weise auch festes.

Dieses derart nicht leicht beschreibbare Geschöpf näherte sich mir indem es über den Boden floss und an mir hoch kroch. Versuchsweise legte ich einen Finger auf die pulsierende Oberfläche. Sie fühlte sich einerseits relativ warm und andererseits sehr glatt an. Jedenfalls nicht schleimig, was man im ersten Moment wohl vermutet hätte.

„Falls sie damit eine unangenehme Berührung provozieren wollten, so haben sie wohl danebengegriffen. Wenn sie nicht vorhaben mich als Ganzes in sich zu verspeisen, was ich eventuell als Gewalt auslegen würde, dann kann ich den Grund ihrer Verwandlung nicht als Frage erkennen!"

„Ich wollte sie lediglich ein wenig verwirren. Aber wie ich sehe, kann ich mir derartige Bemühungen wohl ersparen."

„Darf ich sie etwas fragen?"

„Selbstverständlich. Was immer sie wollen. Ob ihnen meine Antwort jedoch nützlich sein wird kann ich ihnen nicht garantieren."

„Es genügt mir schon, wenn sie meine Frage überhaupt ernst nehmen. Also: Gehe ich recht in der Annahme, dass mich bisher immer dieselbe Person befragt hat?"

„Dieselbe: Ja. Person: Nein."

„Wie darf ich denn das nun verstehen? Heißt das etwa, dass sie nicht ein einzelnes Individuum sind, sondern dass sie mehrere

Individuen in sich vereinen?"

„Korrekt."

„Darf ich fragen wie viele?"

„Sie dürfen: 1738411."

„Wow! Beeindruckend!"

„Nehmen sie ihre Beeindruckung und wenden sie sich der nächsten Stufe zu."

Und damit ließ er – ließen sie – mich in meiner Verwunderung zurück. Ich dachte kurz über diese verblüffende Aussage nach und kam sehr rasch zu dem Schluss: Es ist völlig sinnlos, diese Dinge zu hinterfragen, sie helfen einem gewiss nicht weiter. Aber beeindruckend sind sie allemal.

Die siebente Stufe – Religion

„Was halten sie von Religion?"

„Religion ist sehr nützlich. Vor allem bei Naturvölkern und Kindern. Sie gibt uns die Möglichkeit einer Orientierung. Sie kann dem verwirrenden und erschreckenden Leben einen Sinn verleihen."

„Sonst nichts?"

„Zumindest regt sie auch das Denken an. Wie die Dinge geordnet sind und miteinander in Beziehung stehen. Und natürlich liefert sie uns ein Regelwerk für das Zusammenleben in einer Gemeinschaft."

„Und das soll nun schon der ganze Sinn einer Religion sein?"

„Ich wüsste im Augenblick nichts, was sie sonst noch zu leisten im Stand sein sollte."

„Wie ist das mit den Hierarchien?"

„Falls sie die Schamanen meinen: Sie geben einer Gemeinschaft oft Halt und Hilfe. Vor allem als Heiler. Falls sie jedoch den Klerus ansprechen: Der hat lediglich die eigenen Interessen im Sinn. Dem sind die Sorgen und Nöte der Gemeinschaft höchstens willkommene Anlässe sein Ansehen zu festigen und seine Pfründe zu füllen, aber kaum Gegenstand der Hilfe."

„Ist das nicht ein etwas zu hartes Urteil?"

„Oh, sicherlich. Zu Beginn haben die Adepten, welche dem Klerus beitreten möchten, noch jeden denkbaren guten Vorsatz. Sobald sie jedoch in der Maschinerie der Leistungsbestätigung gefangen sind haben sie kaum noch eine Möglichkeit ihre Ideale zu leben. Und die wenigen, die den Kontakt zur Basis nicht verloren haben, scheiden meist sehr rasch – freiwillig oder gezwungen – aus diesem Teufelskreis aus um sich ihrer wahren Berufung zu widmen. In diesem Falle werden sie quasi wieder zu Schamanen."

„Das bedeutet: Sie sehen wohl die Funktion eines idealen Vorbildes, dem nachzueifern Sinn macht?"

„Natürlich. Aber, wie gesagt, nur in einem sehr engen Rahmen. Sobald dieser Rahmen gesprengt wird, sind ihre Aussagen nur noch eingelernte Sprüche und leere Worthülsen. Ich bin sogar der Meinung, dass die meisten von Ihnen sogar selbst schon den Glauben verloren haben."

„Darf ich das so verstehen, dass sie selbst glauben?"

„Selbstverständlich! Ohne Glaube schiene mir das Leben nicht nur sinn- und inhaltslos, es schiene mir vor allem eine ungeheure Verschwendung!"

„Eine Verschwendung wovon?"

„Der gesamten Evolution! Welchen Sinn sollte Evolution wohl machen, wenn sie nicht ein Ziel hätte. Und was sollte das Ziel schon anderes sein, als zuerst Leben, danach Bewusstsein und in der Folge Intelligenz hervor zu bringen?"

„Und wo ist dabei der Glaube angesiedelt?"

„Dass Intelligenz noch nicht das Ende sein kann."

„Ich verstehe sie so, dass folgerichtig alles und jedes diese Evolution durchläuft und am Ende in einem Zustand der ... was eigentlich? Seligkeit vielleicht? ... landet?"

„Das ist meine ureigenste Überzeugung!"

„Überzeugungen sind wichtig, jedoch können sie auch sehr stark in die Irre führen. Woher nehmen sie die Sicherheit ihren Überzeugungen zu trauen?"

„Von ‚Sicherheit' kann keine Rede sein! Aber mein Glaube verhilft mir dazu. Darf ich auch noch eine Frage stellen? Sie stellen doch so etwas wie ein Sammelsurium von Individuen dar. Sind diese alle von derselben Art?"

„Sammelsurium ist ein herrliches Wort! Es gefällt vielen meiner in mir versammelten Ichs. Also: Wir sind, wenn sie so wollen, ein bunter Haufen – um mich ihrer Sprechweise anzuschließen. Einige meiner Ausprägungen hatten sie ja schon das Vergnügen kennen zu lernen. Auch wenn einige von ihnen ein wenig geflunkert haben um sie zu beeindrucken!"

„Sie sprechen von ‚Ichs'. Dem entnehme ich, dass jeder sich

seines Selbst bewusst ist. Wer entscheidet dann, wer von ihnen jeweils sozusagen das Kommando übernimmt? Oder ist es das Ergebnis einer ‚Absprache'?"

„In etwa ein Mehrheitsbeschluss. Aber es gibt deshalb keine wie immer gearteten Unstimmigkeiten. Gegebenenfalls kann jedes beliebige Ich zu jedem Zeitpunkt übernehmen falls es der Mehrheit sinnvoll erscheint."

„Sehr demokratisch! Ich wünschte in meiner vorherigen Welt hätte es wenigstens in einigen wenigen Fällen derartige Demokratie gegeben!"

„Nun, diese haben sie glücklicherweise hinter sich gelassen. Wie auch ihre siebente Stufe."

Und weg waren sie wieder. Das heißt, eigentlich wurde mir lediglich der Eindruck vermittelt, dass sie weg waren. In Wahrheit – so nahm ich jedenfalls an – waren sie allzeit zugegen. Nur eben nicht zu sehen. Ob das in einer ihrer Fähigkeiten begründet war, oder ob sie mir nur so etwas wie eine Denkpause gönnten, war nicht zu erkennen.

Wenn sich eine Million und so und so viele Individual-Ichs so rasch einigen konnten, dass sie im Falle eines Falles so gut wie augenblicklich beliebige Wechsel vornehmen konnten, dann musste die Verständigung zwischen den einzelnen Identitäten schon mit einer unglaublichen Geschwindigkeit vor sich gehen! Mit herkömmlichen physikalischen Gesetzen war das kaum zu bewerkstelligen.

Andererseits: Meine Annahme der dafür erforderlichen Zeitspanne war ebenfalls nur auf meine unzureichende physikalische Bildung zurück zu führen. Was konnte ich schon über die von mir nur so aus dem Stegreif postulierten zwölf Dimensionen sagen? Gar nichts. Erst recht nicht, wenn es tatsächlich eine so hohe Zahl an Dimensionen gab!

Ich musste bei Gelegenheit unbedingt etwas über diese höheren, oder besser gesagt über diese weiteren Dimensionen in Erfahrung bringen. Wenn meine Annahme, dass dieses neue Leben so etwas wie eine Bildungsstufe darstellte, dann musste doch jegliche Art von Frage erlaubt, ja geradezu erwünscht sein!

Denn: Bildung ist immer eine Holschuld! Unerwünschte Bildung, beziehungsweise womöglich sogar aufgezwungene Bildung ist nicht nur nutzlos, sie ist schlicht und einfach verschwendet! Nur aus freiem Willen erwünschte Bildung hat die Chance auf fruchtbarem Boden zu landen!

Die achte Stufe – Klerus

„Sie sind zuletzt mit dem Klerus sehr hart ins Gericht gegangen. Das mag aus ihrer Sicht alles wohlbegründet sein, doch scheint uns die Tatsache der Bewahrung alter und sinnvoller Glaubensinhalte ein ausreichender und auch wünschenswerter Grund für ihre Existenz zu sein!"

„Ich habe, glaube ich, auch nicht ihre Existenzgrundlage angezweifelt, sondern deren Handhabung!"

„Bedingt das Eine nicht das Andere?"

„Nicht notwendigerweise. Darf ich ihnen ein Beispiel geben?"

„Natürlich. Wir wollen sie sogar definitiv dazu auffordern."

„Nun denn. Wenn ein Naturvolk die Sonne und den Mond anbetet, so ist das in deren Augen nur zu verständlich und daher auch sinnvoll. Genauso sinnvoll ist es daher, wenn deren Schamane sie bei ihren Ritualen zur Besänftigung oder zur Wohltätigkeit dieser Götter nicht nur unterstützt, sondern ihnen auch immer wieder deren Existenz vor Augen führt.

„Und? Tun andere Kleriker nicht dasselbe?"

„Kaum. In einer Zeit der allgemeinen Aufklärung macht es wenig Sinn einen alten Mann mit Rauschebart als wohlmeinenden Gott hinzustellen, wo auf der anderen Seite jeder Andersdenkende nicht nur als Ungläubiger und Häretiker verteufelt wird, sondern mitunter sogar mit Waffengewalt zur Abkehr seines Glaubens gezwungen wird!"

„Sind das nicht nur relativ kurzfristige Ausnahmen?"

„Soweit mir bekannt ist, gibt es seit wenigstens zweitausend Jahren so etwas wie Religionskriege. Auch wenn sie nicht immer so benannt wurden. Allerdings sehe ich zwischen der Christenverfolgung durch die Römer und dem Dschihad des Islam keinen wirklichen Unterschied!"

„Und inwieweit spricht das gegen den rauschebärtigen

Mann?"

„Nicht per se. Aber der rauschbärtige Mann wird sehr oft im gleichen Atemzug als der strafende Rächer dargestellt, der jeden, der nicht für ihn ist, sofort der ewigen Verdammnis anheim fallen lässt!"

„Aber ist bestrafen nicht ein probates Mittel gegen jegliche Art von Verstößen?"

„Bei der immer sofort im Raum stehenden Drohung mit den ewigen Höllenqualen? Wo bleibt da die Gerechtigkeit, die diesem Rauschebart ebenso zugesprochen wird? Und überhaupt: Welch ein armseliger Gott ist das, der sich angeblich zwar persönlich um jedes kleine Wehwehchen eines jeden gläubigen Christen kümmert, auf der anderen Seite jedoch den guten Moslem in den Dschihad schickt?"

„Wie ich sehe, haben sie sich viele Gedanken um diesen Gott gemacht. Wie kommt es dann, dass sie dennoch an ihn glauben?"

„Ganz einfach, weil ich ihn nicht in dieser, auf die eine oder andere Art, verkitschten Form empfinde, sondern als denjenigen, der in der Lage ist, sich ein derart funktionierendes Universum nicht nur auszudenken, sondern es auch zu verwirklichen!"

„Und dieser Gott beschäftigt sich überhaupt nicht mit solch kleinlichen Dingen wie die Sorgen der Menschen oder wessen auch immer?"

„Doch, sehr wohl! Nur nicht in dieser kleinkarierten Art und Weise, wie sie in den verschiedensten Publikationen dargestellt werden, sondern in der ihm gemäßen Art, sich um das große Ganze zu kümmern. Und mit diversen Unwägbarkeiten des täglichen Lebens zurande zu kommen, das ist mehr die Aufgabe der evolutionär weiter fortgeschrittenen Intelligenzen!"

„Und wie ist es mit den Individuen, welche in der Evolution noch nicht so weit fortgeschritten sind?"

„Falls es in deren Einflussbereich intelligentere Individuen gibt, dann haben diese die Aufgabe sich um die weniger intelligenten zu kümmern. So wie zum Beispiel um den Umweltschutz und um den Lebensraum der vom Aussterben betroffenen Tiere und Pflanzen!"

„Schließt dieses Zurande kommen mit den täglichen Unwäg-barkeiten auch den Umgang mit sich selbst im Streit liegenden gleich intelligenten Wesen mit ein?"

„Selbstverständlich! Denn erstens, falls die Streitparteien nicht in der Lage sind den Streit zur Zufriedenheit beider Parteien beizulegen, dann muss man wohl ihrer Intelligenz anzweifeln. Und zweitens, falls es in der Folge zur vollkommenen Aus-löschung einer der beiden Streitparteien kommt dann ist irgendetwas in dem großen Plan schief gelaufen. Für diesen Fall unterstelle ich meinem Gott, dass er entweder eine Modifikation in seinem Plan einfügt, oder er hat dafür gesorgt, dass diese Spezies nicht wirklich vollständig ausgelöscht wurde. Dazu fällt mir ein Beispiel aus der Bibel ein: Noah und seine Familie inklusive aller von ihm geretteten Tiere. Das mutet zwar auch ein wenig simplifiziert an, aber der Gedanke dahinter ist sicher der gleiche!"

„Nach dieser langen Rede gönnen wir ihnen eine kleine Pause bis zu den Fragen der nächsten Stufe."

Die neunte Stufe – Schmerz

Zu meiner großen Überraschung änderte sich ganz plötzlich meine Umgebung. War ich bisher in ein nebelhaftes Weißgrau gehüllt gewesen, so fand ich mich nun inmitten einer erstaunlichen Gegend aus Pastelltönen. Sie sah keineswegs so aus, wie man sich gemeinhin eine liebliche Landschaft vorzustellen pflegt, also mit bunten Blumenwiesen übersäte sanfte Hügel, in denen allerlei Insekten ihren meist instinkt-gesteuerten Beschäftigungen nachgingen.

Nein, diese ‚Landschaft', sofern man gewillt war sie überhaupt so zu bezeichnen, war eher so wie die zuvor beschriebene allerdings mit einem breiten Pinsel nur so ungefähr angedeutet, in etwa so wie beim Impressionismus. Es gab keine Blumen, sondern lediglich mehr oder weniger deutliche Farbkleckse. Was man eventuell als Hügel bezeichnen wollte waren nur in verschiedenen Braun- und Grüntönen gehaltene Flächen, welche nach oben durch ein verwaschenes Blau, welches stellenweise in ein helles Weißgelb überging, abgegrenzt wurden.

Aber immerhin, gegenüber dem konturlosen Weißgrau, eine deutliche Erholung für das farbgewohnte Auge. Natürlich war aufgrund der fehlenden Konturen kein spezieller Blickpunkt vorgegeben, mit welchem sich das Auge und der Verstand hätte beschäftigen können. Jedoch war dies offensichtlich auch nicht im Sinne der Prüfer gelegen. Ich sollte mich erholen und nicht mit unnötigen Spekulationen meinen Geist belasten.

Dennoch konnte ich nicht umhin, mir die möglichen Beweggründe der Prüfer zu überlegen: Was genau meinten sie mit erholen? Im Grunde hatte ich die bisherige Befragung durchaus nicht als belastend empfunden. Ganz im Gegenteil: Ich fühlte mich ganz in meinem Element. Ich hatte schon seit jeher meine Umgebung mit meinen Theorien über Gott und die Welt, wenn schon nicht zur Verzweiflung so immerhin zum Widerspruch animiert.

Aber ob es nun nur ein kurzer Moment oder auch eine beachtenswerte Zeitspanne war, meine Ruhepause war vorüber. Ebenso plötzlich, wie sie es bisher auch schon getan hatten, erschienen meine Prüfer wieder. Diesmal jedoch nicht von einem schmucklosen Schreibtisch begleitet, sondern in einem sehr bequem anmutenden Korbsessel mit Schaukelkufen. Durchaus passend zu der neuen farblichen Umgebung.

„War die Pause ausreichend bemessen?"

„Eine wirklich gute Frage! Ich wollte sie sowieso schon zum Thema Zeit befragen, falls ich darf selbstverständlich. Ich habe eigentlich überhaupt kein Zeitgefühl. Früher konnte ich die verstrichene Zeit relativ gut schätzen. Nicht immer korrekt, aber wenigstens in der Größenordnung angemessen."

„Haben sie nun ein anderes Zeitgefühl, oder haben sie gar keines?"

„Sagen wir einmal so: Ich kann nicht abschätzen ob zwischen unserer letzten Unterhaltung und der jetzigen nur eine Minute oder gar eine Woche vergangen ist!"

„Würde es für sie einen Unterschied machen?"

„Nein, keineswegs. Aber ich bin der Meinung, dass das individuelle Maß der Vergänglichkeit dem Leben gewisse Bezugspunkte liefert, die nicht nur seiner Erinnerung, sondern auch der befriedigenden Beurteilung bezüglich seiner Leistung zuträglich sind!"

„Ein durchaus interessanter Ansatz. Wir sind allerdings der Meinung, dass noch eine Reihe weiterer, und nicht gerade unwichtiger, Faktoren für das subjektive Zeitempfinden maßgeblich sind."

„Ja, ich weiß: Die Erwartungshaltung! Natürlich kann einem die Wartezeit, etwa dass ein Schmerz endlich endet, unendlich viel länger vorkommt, als die objektiv ebenso lange Zeitspanne eines Kusses. Ich meinte jedoch nicht dieses subjektive Empfinden der verflossenen Zeit, sondern eher die relativistische objektiv messbare Zeit."

„Auch dafür gibt es unterschiedliche Ansätze. Der wichtigste davon ist die stattfindende Bewegung."

„Natürlich. Für einen bewegten Gegenstand vergeht die Zeit langsamer als für einen unbewegten. Aber dabei sind die Unterschiede erst dann von Interesse, wenn sich das Objekt nahe der Lichtgeschwindigkeit bewegt. Ist die Lichtgeschwindigkeit hier vielleicht keine Grenze mehr?"

„Oh, doch. Aber nicht in allen Dimensionen."

„Wie ist die Zeit dann definiert? Oder ist sie auch nur eine Dimension unter vielen und gar keine universelle Konstante mehr?"

„Im Grunde genommen gibt es gar keine universellen unveränderlichen Konstanten. Alles verändert sich fortlaufend. Manches rascher, manches nur sehr langsam."

„Bedeutet das unter anderem, dass unsere Physiker Recht damit hatten, dass in der ersten Zeit nach dem Urknall die Zeit quasi erst entstand?"

„Wir vertreten eine ganz ähnliche Meinung."

„Darf ich etwas ganz anderes fragen: Wieso wurde die Umgebung in welcher wir reden verändert?"

„Was meinen sie, warum?"

„Ich weiß nicht. Aber ich denke, es hat etwas mit meinem Fortschreiten in den neununddreißig Stufen zu tun. Vielleicht ist die neunte insofern etwas Besonderes, als es einen bestimmten Status widerspiegelt?"

„Korrekt."

„Und welche Art Status ist dies nun?"

„Wir nennen ihn den Status der frühen Reife."

„Hat das auch Auswirkungen auf die Beurteilung meiner Antworten?"

„Selbstverständlich. Aber das soll sie nicht weiter beunruhigen oder gar stören. Verhalten sie sich weiterhin so wie bisher und ersparen sie sich alle Spekulationen, das wird ihnen am besten gerecht."

„Worüber möchten sie diesmal mit mir sprechen?"

„Wie ist ihr Verhalten zu Schmerz?"

„Ohh! Schwierig, möchte ich sagen. Ich bin grundsätzlich

gegen den Einsatz von Schmerzen als Mittel der Bestrafung, beziehungsweise ebenso als Mittel zur Erlangung von Informationen."

„Das ist zwar löblich, jedoch nur ein kleiner Ausschnitt dessen, was wir unter Schmerzen verstehen."

„Ich dachte vorerst vor allem an physische und weniger an psychische Schmerzen. Auch dachte ich im Wesentlichen an solche, die andere zu erleiden haben."

„Und wie ist es dann mit denen, die sie selbst erleiden?"

„Ich habe mir immer angemaßt, eine relativ hohe Schmerzgrenze mein Eigen zu nennen. Jedoch kam ich nie in die Verlegenheit das auch erdulden zu müssen, was ich mitunter bei anderen zu sehen gezwungen war."

„Inwiefern hat man sie gezwungen die Schmerzen anderer zu sehen?"

„Nun, nicht in dem Sinne gezwungen, dass mir diese Vorfälle gegen meinen Willen vorgeführt wurden, sondern dadurch, dass ich eher zufällig Zeuge davon wurde."

„Und was haben sie dagegen getan?"

„In den meisten Fällen war ich nur ein Beobachter am Rande, aber ein, zwei Mal konnte ich insofern helfen, dass ich wenigstens Hilfe herbeirief. Ach ja: Und einmal hatte ich sogar die Gelegenheit persönlich tätig zu werden."

„Und waren sie dabei erfolgreich?"

„Ich glaube schon, obwohl ich mich nur noch sehr diffus an die ganze Situation erinnere."

„Physische Schmerzen sind zwar äußerst unangenehm, jedoch hat ein Körper einige Möglichkeiten den ärgsten Ausprägungen etwas entgegen zu setzen. Zum Beispiel Ohnmacht. Aber was ist mit psychischen Schmerzen?"

„Ich sehe da nur geringe Unterschiede für die Betroffenen. Jedoch eine ganze Palette von Möglichkeiten für die Helfenden."

„Nur für die Helfenden? Nicht auch für den Erdulder?"

„Für den, der psychische Schmerzen zu ertragen hat, gibt es meiner ganz persönlichen Meinung nach nur eine Möglichkeit: Er muss sich, lange bevor der Fall eintritt, genügend damit befassen, dass es ein ‚Danach' gibt. Denn nur so kann er sich dagegen wappnen. Wenn er sich mit der Situation erst dann beschäftigt, wenn sie bereits eingetreten ist, hat er nicht mehr viele Möglichkeiten."

„Und vorher schon?"

„Natürlich. Nehmen wir als Beispiel den unerwarteten und plötzlichen Tod eines geliebten Wesens. Wenn er sich schon im Vorfeld klar macht, dass der Tod nur der Übergang in eine neue Existenz ist, in welcher der so unerwartet Verstorbene vermutlich von allen irdischen Misslichkeiten befreit ist, dann bietet das eher Grund zur Freude und nicht zur Trauer."

„Aber es gibt noch viele andere Ereignisse, die ein psychisches Trauma hervorrufen können, als den Tod."

„Da sehe ich kein Problem. Nehmen wir ein anderes Beispiel. Jemand wird durch einen Verkehrsunfall in seiner gewohnten Beweglichkeit stark eingeengt. Etwa weil er in einem Rollstuhl landet. Wenn er sich beizeiten bereits klar macht, dass sehr viele ebenso Betroffene nicht nur weiterhin ein erfülltes Leben haben, sondern sogar auf ihnen bisher versagten Gebieten ganz außergewöhnliches zu leisten im Stande sind, dann ist klar, dass für den jetzt neu in diese Lage Gekommenen nur der Wille zählt, mit seiner neuen Situation richtig umzugehen. Also kein Grund für Selbstmitleid oder Schuldzuweisungen!"

„Und sie meinen, dass das eine ausreichende Methode ist, um jeder Art psychischer Schmerzen zu begegnen?"

„Durchaus. Zwar ist mir klar, dass es Situationen geben kann und wird, wo eine diffizilere Methode angebracht erscheint, jedoch glaube ich fest daran, dass durch geeignetes geistiges Training denen allen beizukommen ist. Der Glaube, insbesondere der Glaube an sich selbst und an die eigenen Fähigkeiten ist der beste aller Ärzte!"

„Ich denke, wir können sie in die zehnte Stufe entlassen."

Die zehnte Stufe – Furcht

Meine Umgebung hatte sich nicht verändert. Jedenfalls konnte ich keine weitere Veränderung feststellen. Was natürlich nicht hieß, dass nicht doch irgendwelche diffizile Unterschiede vorhanden sein konnten. Die Frage über den Schmerz hatte mich einerseits überrascht und andererseits etwas erschreckt.

Das Erschrecken lag in meiner Verunsicherung begründet, womöglich mit realen Schmerzen konfrontiert zu werden. Zwar hatte ich keinen Grund derartige Anfechtungen fürchten zu müssen, jedoch konnte es durchaus im Bereich des Möglichen liegen, so etwas wie eine Prüfung der besonderen Art zu absolvieren.

„Entnehme ich ihrer Reaktion, dass sie sich vor Schmerzen fürchten?"

„Fürchten ist möglicherweise nicht das richtige Wort. Aber eine gewisse Scheu davor, mit unerwarteten Schmerzen konfrontiert zu werden. Nein. Ich muss gestehen, dass ich mich sehr wohl vor Schmerzen fürchte. Nicht so sehr aus rationaler Angst, sondern aus geradezu irrationaler Panik."

„Diesen Eindruck konnten wir bisher bei ihnen nicht feststellen. Woher kommt diese plötzliche Panik?"

„Vermutlich aus der Ungewissheit. Wenn ich zum Zahnarzt musste, dann wusste ich in etwa, was mich erwartete. Kein Grund zur Aufregung. Im Falle, dass ich mich an einem Blatt Papier in den Finger schnitt: Maximal fünfzehn Sekunden bis das Blut geronnen war, danach nicht mehr darüber nachdenken. Jedoch die Befürchtung, mich mit fortgesetzten Schmerzen auseinander setzen zu müssen, deren Umfang und Dauer ich nicht abschätzen kann, das versetzt mich in eine gewisse Furcht!"

„Und sie befürchten tatsächlich, wir hätten vor, sie – wie soll ich sagen? – kontrollierten Schmerzen auszusetzen?"

„Ich muss zu meiner Schande gestehen, dass ich das wohl

in Betracht gezogen habe."

„Diese Furcht ist unbegründet. Vor allem schon deshalb, weil wir dafür keinen Auftrag haben. Aber gerade diese Furcht macht ihre beinahe schon übertriebene pazifistische Einstellung glaubhafter. Wir möchten dennoch ein wenig mehr über diese Furcht wissen."

„Selbst wenn ich jetzt bewusst bestimmte Arten des Schmerzes, wie zum Beispiel im Rahmen einer Folter, ausschließe, so bleiben doch noch genügend andere über. Da wären in erster Linie solche, eher zufällige und unerwartete, denen man nichts entgegenzusetzen hat. Etwa wenn ich durch irgendeine Katastrophe verschüttet werden würde."

„Diese Furcht ist doch real und nicht irrational!?"

„Nicht ganz. Ich sagte doch, dass man sich auf die verschiedenste Art auf Unvorhergesehenes vorbereiten kann und soll. Dazu gehören sicherlich auch derartige Situationen. Aber ich habe es nie geschafft, mich mit derart unliebsamen Folgen zu arrangieren! Daher sind sie für mich irrational, weil ich doch weiß, was dagegen zu tun wäre!"

„Gehen sie nicht zu streng mit ihren eigenen Vorstellungen und ihren eigenen Möglichkeiten um? Uns scheint, sie möchten in jeder Hinsicht voll und ganz perfekt sein. Was grundsätzlich nicht möglich ist!

„Ich finde das nicht als Perfektionismus. Ich finde lediglich, dass man das, was man anderen predigt, in erster Linie selbst erfüllen sollte!"

„Das ist das Dilemma jeglichen Lehrers!"

„Aber ich fühle mich nicht als Lehrer! Ich erteile höchstens, und das auch nur auf besonderen Wunsch, Ratschläge. Trotzdem trachte ich danach meine eigenen Ratschläge auch selbst zu befolgen."

„Wir finden das auch durchaus löblich, aber wir finden auch, dass man alles übertreiben kann. Also überfordern sie sich nicht selbst und seien sie damit zufrieden, so zu sein, wie sie sind!

Damit ließen sie mich wieder einmal alleine zurück. Aber halt! Ich hatte keine Freigabe für die nächste Stufe erhalten! Hieß das nun, dass ich diese Stufe nicht ordnungsgemäß hinter mich gebracht hatte, oder waren sie es nur leid, mich jedes Mal gesondert darauf hinzuweisen?

Meiner Meinung nach wäre es nur fair, wenn sie mich nicht im Unklaren lassen würden. Jedoch: Auch wenn ich beschlossen hatte, all diese Dinge nicht mehr zu hinterfragen, so blieb dennoch ein ungutes Gefühl in mir zurück.

Die elfte Stufe – Bedrohung

Wie war ich nur darauf verfallen mir meine Furcht vor Schmerzen selbst einzugestehen? Ich war eigentlich immer der Meinung gewesen: ‚Mal sehen, was kommt, dann sehen wir weiter. Und soo schlimm wird's schon nicht sein!'

Obwohl ich glücklicherweise nie eine wirklich schlimme Verletzung oder Beeinträchtigung hatte erdulden müssen, war irgendwo tief verborgen in meinem Unterbewusstsein offenbar diese Furcht gesessen und hatte nur auf ihren Auftritt gelauert. Ich war also lediglich durch pures unverdientes Glück dieser Erfahrung entgangen!

„Hätten sie gerne diese Art Erfahrung gemacht?"

„Ich bin mir nicht sicher, ob ich stark genug gewesen wäre. Vielleicht hätte ich mich, ganz gegen meine Vorsätze und Prinzipien, aus dem Staub gemacht. Insofern bin ich eher froh, dass mir das erspart geblieben ist."

„Wovor war die Furcht größer: Vor dem Erleiden eines ungewohnten und extremen Schmerzes oder vor der Bedrohung, die ihm gewöhnlich voraus geht?"

„Schwer zu sagen. Aber einer Bedrohung kann man, natürlich nur wenn man sie erkennt, gegebenenfalls entgegenwirken. Etwa kann man durch eine geeignete Fahrweise den meisten Verkehrsunfällen entgehen. In anderen Fällen, zum Beispiel wenn jemand eine Auskunft erpressen möchte, kann es schwierig bis unmöglich werden etwas dagegen zu unternehmen."

„Was ist, wenn die Auskunft gar nicht gegeben werden kann, weil man sie nicht kennt?"

„Wie überzeuge ich den Auskunftsheischenden, dass ich nicht in der Lage bin, ihm das gewünschte Wissen zu beschaffen? Ich glaube, dass das ein ziemlich fruchtloses Unterfangen wäre."

„Da haben sie womöglich Recht. Aber wie steht es mit

Bedrohungen, die nicht mit Schmerz, dafür aber mit dem Verlust des Ansehens, der Ehre oder des Besitzes betreffen?"

„Falls es sich um die Verbreitung geheimer oder geheim gehaltener Handlungen dreht, nimmt den meisten davon den Wind aus den Segeln wenn man sie selbst öffentlich macht. Beziehungsweise, wenn man erst gar nicht derartige Handlungen begeht. Ich habe immer versucht, so zu leben, dass jeder x-beliebige Mensch darüber Bescheid wissen konnte. Jede Art von Geheimnissen habe ich stets vermieden."

„Es gibt aber Bedrohungen, welche nicht auf ihr persönliches Befinden, sondern auf das Wohlbefinden ihrer Lieben abzielt. Wie verhalten sie sich in diesen Fällen?"

„Man sollte das eigene Wohlbefinden natürlich nicht höher bewerten, als jenes seiner Lieben. Aber ist das in jedem Fall klug? Ich neige dazu, das von der jeweiligen Situation abhängig zu machen. Jedoch scheint mir das nur eine billige Ausrede dafür, dass ich mich womöglich nur feig verhalte."

„Es gibt keine Garantie dafür, dass ihr Opfer das erwünschte Resultat erbringt. Es gibt jedoch genauso wenig Garantie, dass sie im umgekehrten Fall dennoch ungeschoren davonkommen. Irgendwie müssen sie sich doch entscheiden. Also?"

„Letztlich läuft es doch nur darauf hinaus, zu seiner Entscheidung zu stehen. Egal, welche man letztlich getroffen hat. Und man sollte sich rasch entscheiden. Jede Verzögerung führt nur zu mehr Verunsicherung und macht die Entscheidung immer schwieriger. Also: Eine rasche Beendigung dieser unerquicklichen Situation dadurch, dass man sich für eine Richtung entscheidet und hinterher kein Bedauern darüber empfindet. Nie mehr. Ende."

„Wir sehen das ebenfalls als die absolut einzige realistische Möglichkeit mit einem Dilemma umzugehen."

Und wieder einmal war ich alleine. Ich hatte ein ziemlich ungutes und bedrückendes Gefühl, diese Prüfung gründlich verhaut zu haben. Die letzten Worte des Prüfers schienen mir eher als Trost, denn als Bestätigung. Jetzt hatte ich mich schon zum zweiten Mal einer meiner Schwächen stellen müssen.

Wie hatte ich nur so lange ruhig und zufrieden leben können, ohne dass mir einer dieser Fehler in die Quere gekommen war? Es war wohl Selbstgerechtigkeit gepaart mit Selbstüberschätzung, die mir ruhige Nächte verschafft hatte. Wie leicht hätte ich über meine eigene Selbstgefälligkeit stolpern können! Ich hatte wohl einen übermächtigen Schutzengel, oder wenigstens unverschämtes Glück gehabt, um dem zu entkommen!

Die zwölfte Stufe – Entscheidung

Diesmal war die Veränderung nicht mehr subtil: Die ganze Umgebung hatte sich von einer Art Kulisse in eine Art Fototapete gewandelt. Jeder Grashalm schien so natürlich, wie nur irgend möglich. Lediglich fehlte etwas Wind, der ihn bewegte. Auch die fernen Hügel schienen jetzt sehr viel näher als noch vorhin.

Auch waren die Farben nicht mehr nur grob hingeworfen, es gab feine Nuancen in der Abstufung und überhaupt schien alles zum Greifen nahe. Wenn man nur flüchtig hinsah, konnte man denken, in einer realen Welt zu stehen.

Andererseits: Was wusste ich schon über ‚diese' Realität! Was immer ich bisher zu sehen bekam war nichts als Fiktion! Möglicherweise auch nur suggeriert. Ich konnte genauso gut in einer Art Koma liegen und träumen.

Egal. Was mich viel mehr beschäftigte, war die Frage: Hatte ich die letzte Stufe bestanden oder nicht? Ganz plötzlich überkam mich ein Verdacht: Wenn ich bestanden hatte, so war dies die zwölfte Stufe! Die mich nun umgebende Landschaft, in all ihrer scheinbaren Natürlichkeit, kam mir irgendwie ... ja: fast vollständig vor!

Ich erinnerte mich kurz an ‚meine' zwölf Dimensionen. Konnte dies ein Hinweis darauf sein, dass ich gewissermaßen diese Dimension erreicht hatte? Wenn ja, dann wäre es eine Bestätigung meines Erfolges. Wenn nicht, dann wäre die nur noch geringfügige Abweichung wahrscheinlich ein Hinweis darauf, dass ich noch immer in der Elften fest hing.

„Sie machen sich viel zu viele Gedanken über Nebensächlichkeiten!"

Es war nicht eine der gewohnten Prüfer-Versionen. Es waren zwei Wesen. Ich konnte nicht entscheiden, welches der beiden Geschöpfe gesprochen hatte. Jedoch war dies auch völlig unerheblich.

„Würden sie nicht gerne wissen, ob ihre Aktionen Erfolg gekrönt waren oder nicht? Ich jedenfalls möchte das gerne. Wie soll ich sonst feststellen, ob ich meine Entscheidungen überprüfen muss um sie gegebenenfalls zu korrigieren, oder ob ich mich auf mein Vorgehen verlassen kann?"

„Ist das wirklich wichtig?"

„Selbstverständlich! Andernfalls würde ich kaum feststellen können, ob ich mich womöglich auf dem Holzweg befinde!"

„Ach, sie! Immer nach Perfektion strebend!"

„Das hat überhaupt nichts mit Perfektion zu tun! Diese Information dient ausschließlich der Frage: Verhalte ich mich im Sinne der allgemeinen Gepflogenheiten, oder nicht!"

„Welche Gepflogenheiten? Ob etwas, in Bezug auf ihr Verständnis einer Situation, korrekt abgehandelt wurde oder nicht, unterliegt doch fast nur ausschließlich ihrem Verständnis von richtig oder falsch! Oder etwa nicht?"

„Nicht nur. Wenn ich es beispielsweise richtig finde, jemandem eine von ihm zu erledigende Arbeit abzunehmen, so kann das durchaus eine gänzlich falsche Entscheidung sein. Entweder, weil die Hilfe unerwünscht ist, oder weil diese Hilfe ihn hindert, seine eigenen Fähigkeiten zu schulen!"

„Und woran erkennen sie im Falle eines Falles, dass ihre Hilfe nicht nur unerwünscht, sondern der Entwicklung dieses Jemanden geschadet hat?"

„Indem ich ihn weiterhin bei seinen Tätigkeiten beobachte und meine Schlussfolgerungen daraus ziehe. Sicherlich, das kann manchmal sehr lange dauern, aber früher oder später stellt sich heraus, ob es klug war ihm diese Hilfe angedeihen zu lassen oder nicht."

„Möchten sie uns ein praktisches Beispiel geben?"

Und schon befand ich mich in einem unglaublich schwülen Dschungel an einem Flussufer, in welchem es nur so von, wie mir schien, gefräßigen Raubfischen wimmelte. An diesem Ufer war ein Wesen, welches in mancher Hinsicht an einen Vogel erinnerte, damit beschäftigt eine Art Floß zu bauen.

Die Crux war dabei, dass er nicht die richtige Art von Seilen – es hätte sich, meiner Meinung nach, um eine Art Lianen handeln müssen – dafür benutzte, sondern sich mit zusammengedrehten Gräsern behalf. Dieser Behelf indes war in jeder Hinsicht reichlich ungeeignet, da die Festigkeit der Halme keineswegs ausreichen würde, um die Äste ausreichend aneinander zu binden.

Wie schon bei meiner ersten Begegnung mit einem fremden Geschöpf war ich in eine ähnliche Gestalt geschlüpft, sodass es keine rassistischen Probleme geben dürfte. Ich konnte mich diesem Wesen also bedenkenlos nähern.

„Hallo, mein Freund! Kann ich ihnen in irgendeiner Weise behilflich sein oder kommen sie gut alleine zurecht?"

„Was tun sie hier? Hier sollte doch niemand außer mir sein!"

„Oh, wenn ich störe kann ich mich sofort wieder entfernen!"

Das war selbstverständlich gelogen. ICH konnte überhaupt nichts tun. Am wenigsten von hier verschwinden. Aber das wusste mein Kontrahent nicht, konnte er ja auch schlecht. Woher denn.

„Nein, nein, bleiben sie ruhig. Aber was ihre Hilfe anbelangt: Genau genommen bin ich genau aus diesem Grunde alleine hier. Ich sollte im Stande sein, mir selbst ein Floß zu bauen um damit zurück in mein Dorf zu fahren. Jedoch wollen diese verflixten Stricke nicht halten!"

Was genau sollte ich ihm raten? Es gab verschiedene Möglichkeiten ihm aus der Patsche zu helfen. Die einfachste war wohl, die Zweige zu einer Art Netz zu flechten. Weich und biegsam genug schienen sie. Und haltbar genug schienen sie auch zu sein.

„Haben sie schon eine andere Methode versucht, oder ist diese Art eine Bedingung für ihr Vorhaben?"

Fragte ich ihn daher vorsichtshalber.

„Die einzige Bedingung war, dass ich es ohne fremde Hilfe schaffe."

„Dann sollte ich mich wohl mit Ratschlägen zurückhalten?"

„Wäre ein Ratschlag schon eine Hilfe? Oder erst eine

hilfreiche Hand?"

Er schien irgendwie erstaunt über meinen Vorschlag.

„Wie sehen sie das? Würden sie einen Ratschlag schon als Eingriff in die von ihnen selbst empfundenen persönlichen Bedingungen sehen?"

Machte ich einen weiteren Vorstoß in Richtung Beratung.

„Ich glaube nicht."

Sagte er jetzt aus tiefster Überzeugung.

„Dann versuchen wir es einmal so: Könnten sie aus den Zweigen, die sie schon gesammelt haben, eine Art Netz flechten? Das würde ihnen die meiste Bindearbeit ersparen. Sie müssten dann nur noch die Randbereiche absichern. Ginge das?"

„Sie meinen, ich soll mir sozusagen ein schwimmendes Nest bauen?"

Er schien nicht nur hocherfreut über diesen Rat, er war offenbar genau das, was er selbst verzweifelt gesucht hatte.

„Genau!"

„Das werde ich sofort versuchen."

Sprach's und begann ohne weitere Umstände die Äste und Zweige zu verweben. Man sah sofort, dass dies eine Tätigkeit war, welche ihm sehr vertraut war und die er oftmals geübt hatte.

Bald hatte er eine Fläche beisammen, welche groß genug für ihn war. Nachdem er auch noch eine weitere Lage darüber anbrachte schien es, dass das Gebilde tragfähig genug für ihn war. Er testete es auch umgehend und schien mit dem Ergebnis zufrieden zu sein. Denn er winkte mir freudig zu und lud mich mit den entsprechenden Gesten ein, mit ihm zu kommen.

„Sind sie sicher, dass ich mit ihnen in ihr Dorf kommen soll?"

Fragte ich ihn abwartend. Irgendwie schien es mir nicht ganz richtig, ihn in sein Heimatdorf zu begleiten.

„Ich muss mich bei meinen Leuten dafür bedanken, dass sie mir dieses Abenteuer ermöglicht haben. Und bei ihnen, dafür dass ich es zu einem glücklichen und erfolgreichen Ende gebracht habe!"

„Aber ich habe ja so gut wie gar nichts dazu beigetragen!"

„Oh, doch! Sie haben mich auf die richtige Spur gebracht!"

„Und sie sind sich sicher, dass ihnen mein Ratschlag nicht als eine unerwünschte oder gar verbotene Hilfestellung angerechnet wird?"

„Jedenfalls hoffe ich das. Aber ich denke, die Idee mit dem ‚Nest' ist so gut, dass sie auf allgemeine Zustimmung stoßen wird!"

Unerwarteterweise fand diese Lösung so großen Anklang bei seinen Leuten, dass er sofort mit einer Belobigung ausgezeichnet wurde. Zwar kam ihm diese Ehrung nicht so ganz gelegen, da er so ganz nebenbei auch noch zu so etwas wie einem ‚Technischen Leiter' befördert worden war, wofür er sich eigentlich gar nicht geeignet fühlte.

Da hatte ich nun die Antwort auf meine Bedenken: Die Gewährung einer erwünschten Hilfe, die zwar allgemeine Anerkennung gefunden hatte. Deren künftige Auswirkungen allerdings dem Geholfenen schier unlösbare Probleme bereiten konnten.

Hatte ich nun richtig gehandelt oder nicht? Es ging nicht darum, ob ich mit meiner Handlung zufrieden war oder nicht. Es ging ausschließlich um die Frage: Konnte man mit einigermaßen Sicherheit voraussagen, ob diese Handlung zum Vorteil oder zum Nachteil dessen dem geholfen wurde, sein würde oder nicht.

Ich war also wieder ‚zurück'. Wieder allein. Und wieder im Unklaren darüber, wie diese Runde zu bewerten war.

Die 13. Stufe – Küchenphilosophie

Antwort oder nicht, eines war eindeutig: Jetzt war auch der Wind da. Die gesamte mich umgebende Landschaft war jetzt so natürlich wie nur irgend möglich! Ich wertete das als positives Zeichen. Blieb die Frage: Konnte ich mich in dieser Gegend auch bewegen? Oder war ich an diesem Ort der Befragung quasi gefesselt?

Die Lösung war rasch gefunden. Ich schritt durch die blumenübersäte Frühlingswiese, erfreute mich am Duft der Kräuter und beobachtete diverse Insekten, die ihrem Lebensrhythmus entsprechend das ihre zum Wohle der Welt beitrugen.

Ich schritt gerade einen sanften Hügel hinan, als ich feststellte, dass ich nicht mehr allein einher schritt. Wieder waren es zwei Wesen die mich begleiteten. Zwei Wesen, wie sie unterschiedlicher nicht sein konnten. Ohne einen besonderen Gedanken zu verfolgen, nannte ich sie bei mir einfach nur Pat und Patachon.

Selbstverständlich waren sie nicht so ungeschickt oder gar tölpelhaft wie ihre dänischen Vorbilder, aber der Größenunterschied war gewaltig. Der größere der Beiden war gut ein bis einundeinhalb Köpfe größer als ich, sein Partner hingegen kaum größer als ein Vorschulkind.

„Gefällt ihnen diese Landschaft? Oder hätten sie gerne etwas nicht so ruhiges? Zum Beispiel einen Meeresstrand mit sanft anschlagenden Wellen? Auch ein von schroffen Felsen umgebener Gebirgssee wäre möglich."

„Nein, danke. Mir gefällt es hier ausnehmend gut. Ich finde es nicht nur überaus beruhigend, sondern in jeder beliebigen Weise angenehm."

„Wir haben es also einigermaßen gut getroffen."

„Ja aber sicher! Im Augenblick wüsste ich nicht, wo ich lieber wäre. Ich fühle mich derart wohl, dass ich glatt vergessen könnte weshalb ich hier bin! Dennoch. Darf ich sie wieder einmal etwas fragen?"

„Was immer sie möchten."

„Sind sie beide aus demselben Wesen, das mich bisher schon begleitet hat, oder sind sie tatsächlich zwei getrennte Individuen?"

„Als Individuen wären wir so und so getrennt. Nein, ich weiß schon was sie meinen, beziehungsweise worauf sie hinaus wollen. Also wir sind in jeder beliebigen Weise getrennte Geschöpfe. Mein Partner wird sie während der nächsten dreizehn Stufen begleiten, wohingegen meine Aufgabe nach den ersten dreizehn erledigt ist."

„Wieso war er letztens auch schon dabei? Hat das irgendwie etwas mit Kennenlernen zu tun?"

„Nein, keineswegs. Er ist lediglich ein wenig neugieriger, als unsereins normalerweise zukommt!"

„Na, dann ein herzliches ‚Grüß Gott!' mein Herr oder meine Dame oder wie immer sie gerne angesprochen werden möchten."

„Wenn es Recht ist," erwiderte der so Angesprochene, „dann wäre mir ‚Schloh' wohl angemessen."

„Schloh, so wie schlohweiß?"

„Ganz recht. Ich würde es äußerst passend finden."

„Gibt es bei ihnen keine Unterscheidung nach Geschlechtern?"

„Doch, doch. Aber welches der vielen in mir vereinigten sollte ich da wohl vorziehen? Es wäre sicherlich allen anderen gegenüber ungerecht!"

„Oh! Ich verstehe! Dann also ‚Guter Schloh', ist das okay?"

„Durchaus."

„Weil sie vorhin von den ersten dreizehn Stufen sprachen: Ich habe nicht die geringste Ahnung, wo ich jetzt eigentlich stehe!"

„In der dreizehnten natürlich. War das nicht völlig klar? Wir dachten, dass die nunmehr realistische Umgebung sie ausreichend in Kenntnis setzen würde!"

Das war nun wieder mein bisheriger Prüfer.

„Heißt das, dass die reale Umgebung so etwas wie eine Prämie ist?"

„Nun, nicht gerade eine Prämie, jedoch ein Hinweis auf die Erfolgsskala die sie bereits absolviert haben!"

„Ich muss gestehen, dass ich mich durchaus nicht ‚erfolgreich' fühle. Ich bin selbstverständlich froh darüber, bei meinem ‚Aufstieg' Fortschritte zu erzielen, aber als erfolgreich kann ich meine bisherige ‚Leistung' beim besten Willen nicht sehen. Höchstens als nicht allzu dämliche Darlegung meiner oftmals konfusen Gedanken!"

„Sie finden ihre Gedanken konfus? Eine sehr eigenwillige Beurteilung der eigenen Vorstellungen!"

„Jedenfalls bin ich mir reichlich oft im Unklaren, wohin mich alle diese diversen kruden Gedanken führen. Meine, leider viel zu früh verstorbene und mit ausreichend Hausverstand gesegnete Frau nannte das in ihrer unnachahmlichen Art immer nur ‚Küchenphilosophie'."

„Wenn das was sie sich im Laufe ihres Lebens so zusammen gereimt haben nur Küchenphilosophie ist, dann ist es eine durchwegs praktikable Lebenseinstellung!"

„Wie auch immer. Ich habe mir mein Leben eingerichtet, so gut es eben ging. Meine gesamte Lebensauffassung gipfelte in dem Wunsch, so unbeschadet wie nur irgend möglich durchs Leben zu kommen."

„Das ist ihnen ja offensichtlich auch bestens gelungen. Worüber regen sie sich eigentlich auf?"

„Ich reg' mich nicht auf. Ich stell' lediglich fest, dass ich mich im Grunde immer nur durchgewurstelt habe. Ich sehe rein nichts, das meinem Leben einen bleibenden Sinn verliehen hätte!"

„Und ihre Vorbildwirkung auf Andere?"

„Welche Vorbildwirkung? Nur weil ich jedem vorgespielt habe, dass mir nichts und niemand etwas anhaben kann? Das war im Wesentlichen doch immer nur Show. Manchmal eine recht gute Show, das geb' ich gerne zu. Aber nichtsdestotrotz nur Show."

„Wir denken, dass sie in ihren Ansichten recht überzeugend waren. Sie haben wahrscheinlich mehr Menschen zum Nachdenken über ihre eigenen Befindlichkeiten gebracht, als sie ahnen!"

„Und wie viele von denen haben ihre tatsächliche Lebensweise dadurch auch wirklich geändert? Wahrscheinlich nicht mehr als zwei oder drei."

„Jeder, der aufgrund ihrer Beispielhaftigkeit sein Leben geändert hat, ist ein unverbrüchlicher Zeuge für die Richtigkeit ihrer Einstellung."

„Wenn sie das sagen."

So ganz konnte ich mich mit dieser Aussage nicht anfreunden. Dennoch, es mochte schon durchaus seine Richtigkeit und auch seine Berechtigung haben, aber richtiggehend als Vorbild? Ich weiß nicht.

Die 14. Stufe – Tugend

Irgendwie hatte ich den unguten Eindruck, dass ich meine Prüfer nicht nur verärgert, sondern vor den Kopf gestoßen hatte. Aber es half nichts. Ich war eben der Meinung, dass ich nicht wirklich so etwas wie ein Philosoph war, so gerne ich mir das auch Zeit meines Lebens einzureden versucht hatte.

Jetzt saß ich alleine inmitten einer duftenden Blumenwiese, kaute auf einem Grashalm herum und dachte über mein loses Mundwerk nach. Selbst auf die Gefahr hin, ausgeschlossen zu werden oder, womöglich schlimmer noch, abgewiesen zu werden, meine Meinung über mich selbst stand fest.

Eine ganze Weile sah ich den ziehenden Wolken nach. Suchte mir die mit den interessanteren Formen heraus und versuchte sie als Umrisse von mir bekannten Ländern zu sehen. Was mir selbstverständlich nur in den wenigsten Fällen gelang.

„Warum lehnen sie es eigentlich so vehement ab, ihre Sicht der Welt und ihrer Zustände als sinnvoll zu verstehen? Sie waren – und sind – doch der Meinung, dass das gesamte Gerüst logisch ist!"

Es war nun wieder der Kleinere, der eher wie ein Kind, denn wie ein Erwachsener aussah und wirkte. Lustigerweise war er, zu diesem Eindruck passend, geradezu ihn persiflierend, in einer Art Matrosenanzug gekleidet, wie ihn die Wiener Sängerknaben bevorzugen.

„Ach, mit Logik kann man so ziemlich alles beweisen, außer dass die verwendete Logik selbst logisch ist."

„Sie haben Angst als eitel zu gelten, wenn sie zugeben würden, dass ihre Philosophie Hand und Fuß hat! Wir hätten das sofort erkennen müssen. Also beruhigen sie sich wieder, es wird ihnen nicht zum Nachteil gereichen!"

„Eitelkeit ist eine böse Sache. Man verstrickt sich sehr leicht darin."

„Solange sie nicht übertrieben wird und in Narzissmus endet, ist nicht sehr viel dagegen einzuwenden."

„Eitelkeit liegt nahe am Stolz. Und Stolz führt üblicherweise fast immer ganz automatisch zu Überheblichkeit. Und Überheblichkeit ist sowieso das Allerletzte. Keine Gesellschaft kann sie tolerieren. Außerdem führt sie ganz von selbst zum Fall. Daher: Nur keine Eitelkeit!"

„Es gibt doch auch den durchaus nicht abzulehnenden Stolz auf eine Zugehörigkeit. Zu einer Familie, zu einer Gemeinschaft, zu einer Nation. Was ist damit?"

„Das ist eine gänzlich andere Art von Stolz. Er resultiert nicht aus einer persönlichen Leistung. Egal ob diese tatsächlich erbracht wurde oder nicht. Diese Art Stolz meinte ich nicht."

„Und wie ist das mit der Befriedigung über eine erbrachte Leistung?"

„Selbstverständlich sollte man mit einer gelungenen Leistung zufrieden sein. Diese Zufriedenheit gibt einem den Anreiz dazu, weitere Leistungen zu vollbringen und sie womöglich auch noch besser zu erledigen."

„Was halten sie eigentlich von den Tugenden ganz allgemein?"

„Von welchen Tugenden sprechen wir hier? Von den christlichen? Von den bürgerlichen? Von den buddhistischen? Von den ritterlichen?"

„Von denen, welche sie selbst als tugendhaft empfinden."

„Ich bin den Tugenden gegenüber ein wenig skeptisch. Prinzipiell steht für mich jede Eigenschaft oder Haltung, sofern sie nicht übertrieben wird, für eine Tugend. Und, sofern sie übertrieben wird, für ihr Gegenteil, also für eine Untugend. Egal ob sie nun jemand für eine solche hält oder nicht."

„Eine nicht ganz unproblematische Definition."

„Was ist daran problematisch?"

„Die Übertreibung. Wo beginnt diese und wer bestimmt das?"

„Ich denke, die betroffene Person selbst bestimmt diese Grenze. Indem sie erkennt, dass sie eine Handlung überbewertet. Ob sie bereit ist, diese Erkenntnis auch sich selbst gegenüber einzugestehen, ist eine andere Sache."

„Welche ihrer eigenen Eigenschaften würden sie am ehesten zu den Tugenden zählen?"

„Ich bemühe mich so zu leben, dass ich niemanden auf die Füße trete. Aber ich sehe das nicht als Tugend, sondern als Selbstschutz. >Was du nicht willst, dass man dir tu', das füg' auch keinem andern zu.< Wenn sie verstehen, was ich meine."

„Ich verstehe durchaus. Was ich jedoch nicht verstehe, ist, dass sie sich nachgerade weigern ihr Bemühen um stete Ausgeglichenheit als Tugend zu interpretieren!"

„Sie finden das tugendhaft?"

„Absolut. Es ist geradezu ihr Markenzeichen. Es ist das was die meisten ihrer Bekannten und Verwandten an ihnen bewundern."

„Dann wissen sie sicherlich auch, dass dieses Bemühen von ständigen Misserfolgen begleitet wird!"

„Ja und? Es ist doch gerade diese Unzulänglichkeit, die das Bemühen erst zur Tugend erhebt! Würde es ihnen leicht fallen, dann wäre ja gar kein Bemühen erforderlich!"

„Ach, sie! Sie wollen mir wohl mit aller Macht eine Tugendhaftigkeit zuordnen! Aber glauben sie mir: Ich weiß es besser!"

„Nun, dann drehen wir die Frage einmal um: Welche ihrer vielen Eigenschaften würden sie als Untugend qualifizieren?"

„Da gibt es einige! Beispielsweise neige ich sehr stark dazu bei jeder noch so unbedeutenden Kleinigkeit zornig zu werden! Außerdem bin ich von Grund auf faul. Wann immer es möglich ist, drücke ich mich vor bestimmten Arbeiten, welche ich eigentlich erledigen sollte! Und wenn sie erst meine sexuellen Phantasien kennen würden ..."

„Dem hätte ich einiges entgegen zu setzen!"

„Da bin ich aber neugierig!"

„Wir wollen ihre Neugier aber nicht – noch nicht! – befriedigen."

„Deuten sie gerade an, dass all diese meine Untugenden in

ihren Augen gar keine sind?"

„So ungefähr."

„Ich bekomme schön langsam das Gefühl, sie wollen um jeden Preis aus mir einen Vorzugsschüler machen! Aber ein solcher bin ich nun ganz gewiss nicht!"

„Denken sie, was sie wollen. Ich überlasse sie jedenfalls für eine Weile wieder sich selbst."

Und schon wieder war ich mit mir alleine. Allerdings waren die Hügel und die Blumenwiese verschwunden. Stattdessen stand ich an einem südlichen Strand, der aussah wie aus einem x-beliebigen Südsee-Prospekt. Fehlten lediglich die mit Bast-röckchen bekleideten Südsee Schönheiten.

Aus denen ich mir jedoch nicht allzu viel machte. Für mich waren normalerweise die durchschnittlichen europäischen Mädchen attraktiver. Da jedoch weder die einen noch die anderen zu sehen waren, setzte ich mich auf einen in der Nähe liegenden umgefallenen aber noch nicht vermoderten Stamm und legte aus ein paar zufällig in der Nähe am Strand liegenden Muscheln Figuren.

Die 15. Stufe – Beschäftigung

Als mir ein sanftes laues Lüftchen um die Nase wehte, erwachte ich. Ohne es zu merken war ich bei der Beschäftigung mit den Muscheln offenbar eingeschlafen. Natürlich hatte ich keine Ahnung, wie lange ich geschlafen hatte.

Als ich mich endlich dazu entschloss, die Augen zu öffnen, stellte ich fest woher der Wind wehte: Mein Prüfer war wieder erschienen und wedelte mit einem halb vermoderten Palmblatt vor meiner Nase herum.

„Ich dachte schon, sie wollten gar nicht mehr aufwachen. Hatten sie wenigstens einen schönen Traum?"

„Leider schlafe ich fast immer traumlos. Oder besser gesagt, ich kann mich so gut wie nie an einen meiner Träume erinnern."

„Finden sie das gut oder schlecht?"

„Eigentlich finde ich es schade. Da ich noch nie von einem Alptraum gequält wurde, sind meine Träume entweder schön und interessant oder möglicherweise auch nur langweilig."

„Empfinden sie öfter einmal Langeweile?"

„Im Grunde genommen ist Langeweile für mich ein Fremdwort. Einen Zeitvertreib, egal welcher Art, finde ich fast augenblicklich, wenn ich einmal auf irgendetwas warten muss, das weder meine Aufmerksamkeit erfordert noch mich anderwärts beschäftigt."

„Wenn sie zum Beispiel an einer Straßenkreuzung stehen und sie aus irgendeinem Grund nicht überqueren können ..."

„Dann zähle ich die kreuzenden Fahrzeuge. Oder ich überlege wie viele Leute aus den umliegenden Häusern wohl zu Hause sind und aus den Fenstern auf die Straße schauen."

„Mit derart nichtigen Fragen können sie sich beschäftigen?"

„Nichtig oder nicht. Einerseits kann ich mich mit allem beschäftigen, was eine gewisse geistige Flexibilität fördert und andererseits kommen mir bei derartigen mehr oder weniger anspruchslosen Beschäftigungen immer auch die einen oder anderen Ideen für Anspruchsvolleres."

„Worin bestehen die anspruchsvolleren Beschäftigungen?"

„Etwa in der Erfindung von Spielen. Meistens Solitärspiele, aber auch das eine oder andere Mehrpersonenspiel."

„Sind diese auch kommerziell verwertbar?"

„Möglich. Aber das ist für mich von untergeordnetem Interesse. Mir geht es vor allem um die geistige Beweglichkeit. Auch gebe ich mich mit der Entwicklung des Regelwerkes noch nicht zufrieden. Ich programmiere dann das Spiel soweit, dass ich es ausprobieren kann. Dabei kann es durchaus auch sein, dass ich die eine oder andere Änderung vornehme, oder dass ich die Version verwerfe und mich einer anderen Aufgabe widme."

„Verstehe ich sie richtig, dass sie diese Spiele ausschließlich zur eigenen Erbauung erfinden?"

„Ganz recht."

„Gibt es noch andere geistige Beschäftigungen, mit denen sie sich ausführlicher auseinander setzen?"

„Ja. Ich denke mir Quizfragen aus. Und zwar solche die man nicht so ohne weiteres in irgendeinem Lexikon oder sonstigem Informationssystem nachschlagen kann."

„Dürfte ich dazu ein Beispiel hören?"

„Welche zweisilbige Stadt ergibt nach dem Vertauschen der beiden Silben eine andere Stadt?"

„Aah! Sehr gut! Das gefällt mir!

„Sie kennen die Lösung?"

„Selbstverständlich! Wäre ich sonst überhaupt geeignet sie zu testen? To-kyo und Kyo-to. Stimmt's? Natürlich stimmt es."

„Wieso fanden sie die Lösung so rasch?"

„2 Millionen 117 Tausend und 351 Gehirne sind schon recht praktisch für derartige Aufgaben."

„Das hatte ich fast vergessen: Sie sind ja nicht alleine."

„Das will ich meinen."

„Welche Idee steckt eigentlich hinter diesen geistigen Verschränkungen oder wie immer sie diese Verschmelzung bezeichnen?"

„Erst einmal: Es ist keine Verschmelzung. Dabei würden wir alle unsere Identitäten verlieren. Aber Verschränkung trifft es eigentlich schon recht gut. Grundsätzlich handelt es sich um einen freiwilligen Zusammenschluss. Ein Neuer in unserer Welt stellt fest, dass das isolierte Leben eine ziemlich unbefriedigende Angelegenheit ist und sucht Gleichgesinnte. Dann stellt er fest, dass er nicht der Erste mit dieser Idee ist – und schließt sich einfach diesen Gleichgesinnten an. Ende der Angelegenheit. Die Bezeichnung die wir dafür verwenden ist wenig phantasievoll: Konglomerat."

Während dieser kurzen Erklärung durchlief seine Gestalt in ungeheurer Geschwindigkeit etliche Tausende Formen, Größen, Farben und was sonst noch an Persönlichkeitsmerkmalen möglich war. Es war nicht nur unmöglich einzelne Geschöpfe ausreichend genau zu erkennen, um sie irgendeiner bekannten Spezies zuzuordnen, es war noch nicht einmal möglich, auch nur ansatzweise ihre Anzahl zu schätzen.

Ich war nicht nur verblüfft von ihrer Vielfalt, ich war geradezu unfähig diese Vorführung wenigstens im allerkleinsten Rahmen zu verarbeiten. Jedenfalls war ich wie betäubt davon. Und während ich noch versuchte, das eben Gehörte zu verinnerlichen stellte ich fest, dass ich schon wieder allein war.

Meine Umgebung hatte sich insoweit verändert, als es langsam dunkel wurde. Den Sonnenuntergang hatte ich wohl übersehen. Vorausgesetzt, es hatte überhaupt einen gegeben.

Musste ich mir Gedanken um eine Unterkunft machen? Oder waren das alles sowieso nur müßige Überlegungen, weil diese Umgebung in jedem Fall nur eine Illusion war? Wie auch immer. Jetzt war ganz einfach eine Pause angesagt.

Die 16. Stufe – Beharrlichkeit

Der Prüfer, der diesmal bei mir erschien, befand sich nicht plötzlich und ohne Vorwarnung neben mir. Nein, er kam aus relativ weiter Entfernung, so etwa aus dreihundert Metern, langsam auf mich zu. Daher hatte ich auch reichlich Zeit, ihn mir in Ruhe anzusehen.

Denn obwohl es, wie schon vorher erwähnt, langsam dunkelte, war es noch hell genug, um genügend Einzelheiten erkennen zu können. Auf den ersten Blick schien es eine Karikatur eines Zebras zu sein. Je näher er kam, desto mehr wurde klar, dass das jedoch eine völlig falsche Einschätzung war, die auf eine optische Täuschung zurückzuführen war.

Das Geschöpf trug einen langen gestreiften Mantel unter dem ein eher birnenförmiger Körper auf teleskopartigen Beinen irgendwie ... hüpfte. So als würden die Beine eine Art Stoßdämpfer sein. Der Rest bestand neben einem mehr oder weniger normal aussehenden Kopf mit zwei Augen, einer Nase und einem Mund, aus scheinbar gelenklosen Armen, deren allerdings vier, sowie ebenfalls vier langen Tentakeln, welche anstelle der Ohren aus dem Kopf wuchsen.

Als er – jedenfalls nahm ich an, dass es sich um einen ER handelte – endlich bei mir anlangte, eröffnete er, wie stets, sofort das Gespräch.

„Sie beharrten darauf, ein durch und durch normaler Mensch zu sein, der mehr Schwächen als Tugenden hat. Wieso?"

„Weil es stimmt?"

„Einmal davon abgesehen, dass jedes Wesen an sich einmalig ist, und zwar in jeder beliebigen Hinsicht, dann stellt sich doch ganz automatisch die Frage: Worin unterscheiden sich diese Wesen. Sowohl von einander, als auch von anderen. Und ich meine jetzt nicht auffällige Äußerlichkeiten. Ich meine als beseeltes Geschöpf?"

„Ich nehme an hauptsächlich durch die jeweiligen Ausprägungen seiner Eigenschaften."

„Sehr richtig. Aber wie können diese Eigenschaften beurteilt werden?"

„Indem man ihr Bemühen, sie weg von Untugenden hin zu Tugenden, bewertet. Je höher ihre Affinität zum Positiven ist, desto wertvoller für die Gesellschaft wird es sein. Umgekehrt wird ihre Affinität zum Negativen hin für die Gesellschaft von Nachteil sein."

„Das war eine recht gute Definition, aber sie wurde meiner Frage nicht gerecht. Ihre Definition mag sinnvoll sein, wenn es um die Beurteilung von zwei Wesen geht, welcher von beiden für die Gesellschaft nützlicher ist. Ich wollte jedoch wissen, nach welchen Kriterien sollte man einen Einzelnen in Bezug auf seine Qualitäten beurteilen?"

„Geht das nicht genauso?"

„Nehmen wir ihre Aussage über den Zorn. Sie sagten sie neigen dazu. Das war genau genommen schon eine Abschwächung. Dann sagten sie noch, sie bemühen sich um einen Ausgleich. Das ist schon die zweite Abschwächung. Wie also ist ihre Eigenschaft ‚zornig' zu beurteilen?"

„Gemäßigt?"

„Liegt das nun näher am Positiven oder näher am Negativen?"

„Vielleicht doch eher positiv."

„Sie sehen also: Ihre Untugend ‚Zorn' ist auf dem besten Weg zu der Tugend ‚Geduld'!"

„Sie sind wirklich überaus wohlwollend!"

„Ich versuche nur objektiv und gerecht zu sein. Sie jedoch sind über alle Maßen beharrlich. Wie stehen sie zur Beharrlichkeit?"

„Nun, Beharrlichkeit ist sicherlich gut, wenn man auf ein erreichbares Ziel hinsteuert. Sie ist jedoch genauso sicher ungut, wenn man entgegen besserem Wissen dabei bleibt. Dann ist es wohl Sturheit."

„Völlig richtig. Aber woher wissen sie, ob ein Ziel erreichbar ist?"

„Gute Frage. Ich gehe davon aus, dass es wenigstens immer wieer den einen oder anderen kleinen Fortschritt gibt, der das gewünschte Ziel erreichbar erscheinen lässt."

„Welcher Art sind die Fortschritte die sie in Bezug auf ihren Umgang mit dem Zorn feststellen konnten?"

„Ich habe gelernt den Auslöser zu erkennen und den darauf folgenden Reflex zu unterdrücken. Oder richtiger: Ihn nicht überzubewerten und als das zu betrachten was es eben war, ein lächerlicher Lapsus."

„Warum beharren sie dann weiterhin darauf ihn als eine ihrer größten Untugenden zu bewerten? Ist es der selbstgefällige Wunsch vor der Welt so durchschnittlich wie nur möglich dazustehen oder ist es gar nur ein ‚Fishing of compliments'?"

„Ich fürchte es ist wohl eine Mischung aus beidem."

„Aus welchem Grunde möchten sie unbedingt ‚durchschnittlich' sein?"

„Meiner Meinung nach kommt man am besten durchs Leben, wenn man möglichst nicht auffällt. Was gibt es Unauffälligeres als in der Masse zu verschwinden?"

„Haben sie denn gar nie den Wunsch, sich von dieser Masse hervor zu heben? Gibt es nichts, auf das sie mit Genugtuung zurückblicken?"

„Doch. Aber nichts davon ist herausragend oder bemerkenswert. Nichts das Wert wäre, in den Annalen verzeichnet zu werden."

„Ihre Bescheidenheit in Ehren, jedoch würden sie sich wundern, wie viel davon tatsächlich in den Annalen verzeichnet ist. Allein schon das stete Bemühen allen anderen eine positive Lebenseinstellung zu vermitteln. Aber das wissen sie sowieso, auch wenn sie es nur ungern zugeben!"

„Angeberei war – und ist? – auch so eine Untugend von mir, die ich mir mühsam abzugewöhnen versucht habe. Natürlich ist es manchmal nützlich wenn man andere mit seinem Wissen verblüffen kann. Es hat jedoch nie dazu gereicht, in einer Quizsendung zu glänzen."

„Haben sie es denn jemals versucht?"

„Ich war mir immer sicher, dass ich es nicht einmal durch die Vorrunde schaffen würde. Also ließ ich es sein. Sehen sie, es ist eines zuhause auf der Couch zu sitzen und alles zu wissen. Aber etwas gänzlich anderes wirklich dem Moderator schweißtriefend gegenüber zu sitzen!"

„Also im Prinzip nur mangelnder Mut?"

„Vielleicht."

Mit dieser Erkenntnis ließ er mich in der inzwischen eingebrochenen Dunkelheit stehen. Hatte ich tatsächlich vieles in meinem Leben mangels ausreichendem Mut ungenutzt verstreichen lassen? Und wenn schon: Ich war mit meinem Leben immer zufrieden gewesen. Ich hatte nie das Gefühl etwas versäumt zu haben. Was ich erreichen wollte hatte ich auch erreicht. Mehr bedurfte es nicht.

Auch in diesem Fall galt: Jede getroffene Entscheidung stets zu akzeptieren, egal wie sehr sie sich im Nachhinein als ungünstig erweist.

Die 17. Stufe – Einsicht

Ich dachte nicht wirklich, dass mich nichts mehr überraschen könnte. Aber ein wenig liebäugelte ich schon damit, dass mich kaum etwas aus der Reserve locken könnte. Jedenfalls nicht so ohne weiteres. Daher war meine Verblüffung umso größer, als ich mich vier weiteren Ichs gegenüber sah.

Natürlich sahen sie nicht wie idente Vierlinge aus. Es gab durchaus sichtbare Unterschiede, jedoch waren sie nicht so sehr an ihrem Äußeren, sondern vielmehr an ihrer Haltung erkennbar.

„Ich bin deine Tugend des Wohlwollens," sagte der Erste.

Er trug ein etwas abgetragen aussehendes T-Shirt zu einer ausgebleichten Jeanshose und hatte einen Vertrauen erweckenden Gesichtsausdruck.

„Ich bin deine Tugend der Geduld," sagte der Zweite.

Er sah mich mit einem abwartenden Ausdruck an, der wohl Zustimmung erheischen sollte. Sein Anzug war tadellos, wenngleich es schien, als hätte er ihn schon seit seinem ersten Rendezvous nicht mehr getragen.

„Ich bin deine Tugend der Mäßigung," sagte der Dritte.

Er war deutlich schlanker als die ersten beiden und schien überhaupt von athletischer oder doch wenigstens sportlicher Ambition geprägt zu sein. Der dazu passende Jogging-Anzug unterstrich diese Ansicht eindrucksvoll.

„Ich bin die Summe deiner restlichen Tugenden," sagte der Vierte und sah dabei etwas verzagt aus.

In seiner Miene spiegelten sich die widerstreitenden Gefühle wieder, so als könnten sie sich zu keiner klaren Entscheidung durchringen.

Ich benötigte eine gewisse Zeit um mich zu fangen und wenigstens ein Wort des Erstaunens artikulieren zu können. Ich hatte nicht die geringste Ahnung, wie ich auf diese Konfrontation reagieren sollte.

„Sind das alles wirklich reale Ausprägungen von mir? So wie Jekyll und Hyde?"

Fragte ich endlich, sobald ich wieder des Sprechens mächtig war.

Mit etwas fahrigen Gesten zeigte der Vierte an, dass er sich äußern wollte. Er setzte auch zum Sprechen an, jedoch schien es, als wollte er drei Sätze in einem von sich geben. Er brachte zwar vorerst kein Wort heraus, aber ich wartete geduldig seinen offensichtlichen inneren Zwiespalt ab. Der auch dann sehr rasch zu einem Ergebnis führte.

„Mein Versuch einer Subsummierung von Talenten scheint besonders unglücklich ausgefallen zu sein. Aber ich denke, jetzt habe ich sie im Griff. Das liegt gewissermaßen daran, dass es äußerst schwer zu sein scheint, so widersprüchliche vermischte und nicht klar ausgeprägte Eigenschaften wie eine hochmütigen Demut, wollüstige Keuschheit, geizige Mildtätigkeit und fleißige Faulheit gleichzeitig zum Ausdruck zu bringen!"

„Sind denn diese Mischungen nicht bei allen denkenden Geschöpfen so und/oder so permanent vorhanden?"

„Sicherlich. Jedoch werden sie niemals gleichzeitig wirksam. Jeweils bei diversen Gelegenheiten gewinnt die Eine oder die Andere die Oberhand. So wie bei Dr. Jekyll und Mr. Hyde eben."

„Warum haben sie sich dann nicht dazu entschlossen, sie erst gar nicht zu präsentieren?"

„Eigentlich wollte ich ihnen nur demonstrieren, wie komplex ein – ihr – Innenleben in Wahrheit ist."

„Wozu? Das wusste ich zuvor auch schon so! Aber okay, wozu die drei anderen unvermischten?"

„Um ihnen den Übertritt in ihr nächstes Leben zu erleichtern."

„Inwiefern erleichtert mir das den Übertritt? Eigentlich ging ich davon aus, dass ich schon im nächsten Leben bin?!"

„Noch nicht ganz. Etwas Wesentliches fehlt ihnen noch: Die Einsicht."

„Welche Einsicht? Ich bin so einsichtig wie nur was!"

„Von wegen! Ich zeige ihnen die vier in mir vereinigten

Tugenden als einzelne Individuen."

Was da nun so plötzlich vor mir stand, war alles andere als erbaulich. Da war einmal ein Geschöpf, das aussah wie eine Mischung aus Geier und Hase. Der Hasen-Teil wollte sich vor einem herannahenden Hundeartigen Geschöpf verbergen, was der Geierartige Teil jedoch nicht nur unterband, indem er nicht nur in eine Verteidigungs-Position, sondern seinerseits zum Angriff überging.

Die Behinderung, die der Hasen-Teil darstellte, verschaffte dem aus sicherer Entfernung agierenden Angreifer jenen Vorteil, der ihm schon nach kurzer Zeit zum Sieg über das Mischgeschöpf verhalf.

Sofort war mir klar, dass dem Geier-Teil offenbar die nötige Einsicht fehlte, um eine günstigere Strategie für den unvermeidlichen Kampf zu entwickeln, anstatt sich blindlings ins Verderben zu stürzen. Mir dämmerte, dass diese Aktion den inneren Kampf zwischen der Demut und dem Hochmut repräsentierte.

Mir kamen diverse Situationen in den Sinn, in denen ich selbst genauso blindlings, nun nicht gerade ins Verderben, jedoch eine für mich nachteilige Situation geraten war, aus welcher ich mich nur mühsam wieder befreien hatte können. Meine Einsichtigkeit ließ offenbar doch sehr viel zu wünschen übrig. Denn wenn ich ehrlich war, so waren diese Situationen viel häufiger als mir lieb gewesen wäre!

„Reicht das?" Fragte mein Viertes Ich. „Oder wollen sie noch mehr von diesen Wesen zu sehen bekommen? Egal was sie denken. Ich zeige sie ihnen auf jeden Fall!"

Als zweites Beispiel sah ich zwei, nein ein aus zwei Teilen bestehendes Geschöpf welches einem kleinen Baum, auf dem ein riesiger Parasit thronte, ähnelte. Der Baum war außerstande die lichten Höhen der Brüder-Bäume zu erreichen, da ihm der Parasit jegliche Kraft dazu nahm. Ganz im Gegenteil, der Parasit wuchs und wuchs und würde den jungen Baum bald zum Tode verurteilt haben.

Wieder war mir augenblicklich klar, wie mich meine Obsessionen daran hinderten ein geregeltes und erfülltes Leben zu genießen. Denn trotz allem Bemühen gab es leider viel zu viele Momente in meinem Dasein, in denen ich der Bequemlichkeit halber entweder darauf verzichtete das Richtige, das mir durchaus bewusst war, zu tun oder einer Laune nachgab, die mir keine Befriedigung erbrachte, sondern nur ungenützte Zeit kostete.

„Ich glaube ich habe verstanden!" sagte ich in der vagen Hoffnung einer weiteren Konfrontation meiner Unzulänglichkeiten zu entgehen. „Ich bekenne, dass ich tatsächlich in vielerlei Hinsicht uneinsichtig bin und gegen besseres Wissen handle!"

„Dann wollen wir es dabei bewenden lassen."

Ich war regelrecht erschüttert. Ich hatte nicht gedacht, dass mein so sorgsam zurecht gezimmertes Innenleben dermaßen verworren war. Ich hatte ganz einfach nie besonders darüber nachgedacht, in welcher Weise ich in bestimmten ungeliebten Situationen tatsächlich reagierte!

Mir wurde klar, dass ich tatsächlich noch sehr viel an mir arbeiten musste, wenn ich meinem mir selbst vorgespiegelten Selbstbewusstsein auch wahrhaftig entsprechen wollte.

Die 18. Stufe – Ausdauer

Als ich erwachte – Doch, doch! Ich hatte tatsächlich geschlafen! – war heller Tag. Ich lag auf einem weichen, flauschigen Teppich wahrscheinlich auf einer überdachten Terrasse mit Blick auf ein imposantes Bergpanorama unter einem azurblauen Himmel.

Neben mir, ebenfalls auf dem Teppich lag so etwas wie ein Mittelding zwischen einer Wildkatze und einem schwarzen Panther. Jedenfalls soweit es die Größe betraf. Der Rest war jedoch, wie jeder ordentliche Mensch, in ein buntes Gewand gehüllt.

Diese Kleidung erinnerte mich an die Spielhöschen von kleinen Kindern welche Sandburgen bauten. Fehlte bloß das Kübelchen samt Schaufel. Wie auch in den vergangenen Tagen – ich glaube jedenfalls, dass es sich schon um mehrere Tage handelte seit ich hier bin – richtete er sofort nachdem ich ihn bemerkt hatte, das Wort an mich.

„Wie stehen sie zu körperlicher Anstrengung?"

„Wenn sie das im Zusammenhang mit Leistungssport meinen, dann muss ich sagen, dass mir daran nie etwas lag. Zwar war ich während meiner Schulzeit ein ganz passabler Läufer, aber mein Ehrgeiz erschöpfte sich in Schulwettbewerben."

„Eigentlich meinte ich die Anstrengungen des täglichen Lebens."

„Also Gartenarbeit, Bergwandern und Möbelschieben?"

„So in etwa."

„Tja. Soweit es das Möbelschieben, beziehungsweise den Transport von Möbelstücken betrifft, habe ich nicht so viel Erfahrung, da ich einerseits selten umzog und andererseits auch kaum in der jeweiligen Wohnung viel an der Anordnung veränderte. Dasselbe trifft weitgehend auf jede Art häuslicher Arbeit zu. Nicht dass ich mich nicht in ausreichendem Maße an unserer

Hausarbeit beteiligt hätte. Wir haben immer auf eine gerechte Aufteilung geachtet, wobei ich gerne sagte: Ich bin der Mann fürs Grobe!"

„Sie kamen nie richtig ins Schwitzen?"

„Oh ja, doch! Aber die weitaus größeren Anstrengungen und auch die damit verbundene Ausdauer brachte ich beim Bergwandern auf. Dazu muss ich sagen, dass Gehen an sich mir die größte Freude und vor allem auch die meiste Entspannung bietet."

„Wenn sie von Ausdauer sprechen, handelt es sich dann dabei eher um Stunden oder eher um Tage und Wochen?"

„Sowohl als auch. Auf der einen Seite kann ich oft stundenlang gehen, auch in höherem Tempo. Auf der anderen Seite kann ich auch mehrere Tage in Folge längere Märsche absolvieren. Heutzutage wohl schon wieder eingeschränkter, aber immerhin."

„Hatten sie erwogen den Jakobsweg zu gehen?"

„Nein. Was mir daran missfiel war vor allem der vorgezeichnete Weg. Ich gehe gern ‚der Nase nach'. Selbst bei Urlauben wussten wir bei der Abfahrt oft nicht, wo wir abends landen würden. Selbstverständlich hatten wir ein ungefähres Ziel. Zum Beispiel: Italien. Aber wir haben kaum jemals an einem bestimmten Ort ein bestimmtes Hotel vorgebucht!"

„Hätten sie das nicht auch in Bezug auf Santiago de Compostela tun können?"

„Hätten wir. Aber irgendwie mochten wir wohl die dazwischen liegende Landschaft nicht. Wie auch immer: Es war nie ein Thema. Vielleicht auch nur deshalb, weil wir meistens Italien vorzogen. Wir haben auch einige Male ernsthaft begonnen italienisch zu lernen. Und genauso ernsthaft wieder abgebrochen. Ist wohl kein gutes Beispiel für Ausdauer, oder?"

„Ausnahmen bestätigen die Regel. Es gibt jedoch noch einen anderen Aspekt der Ausdauer: Wartezeit. Wie steht es damit?"

„Dafür bin ich geradezu ein Musterbeispiel."

„Tatsächlich?"

„Als ich meiner spätere zweite Frau das erste Mal ansichtig

wurde, wusste ich: Das ist die Frau meines Lebens! Was soll ich noch lange reden? Zwölf Jahre später ergab sich endlich eine Möglichkeit sie zu erobern. Die ich natürlich – Gott sei Dank! – nicht verstreichen ließ und die mir eine mehr als dreißigjährige Beziehung der außergewöhnlichen Art bescherte!"

„Das Warten hat sich in diesem Fall selbstverständlich gelohnt. Gibt es hingegen auch Fälle, in denen sich die Wartezeit nicht gelohnt hat?"

„Sicherlich. Allerdings kann ich mir darüber noch kein endgültiges Urteil erlauben. Das heißt, jetzt wohl schon."

„Und was wäre das gewesen?"

„Ich hatte schon als Kind, also so mit fünf, sechs Jahren, sehr häufig Zahnschmerzen. Um diese in den Griff zu bekommen überlegte ich mir wie ich es schaffen könnte, den Schmerz loszuwerden. Die Lösung bestand darin, dass ich mir einen Trichter vorstellte, der aus dem Zahn hinaus führte und in den ich den Schmerz gewissermaßen einfüllte.

Das funktionierte zu Beginn natürlich überhaupt nicht. Aber nach einer Weile wurde die Vorstellung so klar, dass es zu funktionieren begann. Bis zu einer gewissen Schwelle konnte ich damit den Schmerz ausschalten. Über diese Schwelle hinaus funktionierte es jedoch nicht. Zwar konnte ich nach und nach diese Schwelle immer weiter hinausschieben, aber zufrieden mit meinem Erfolg war ich bis heute noch immer nicht ganz!"

„Ein interessanter Weg mit Schmerz umzugehen! Und auch gleich ein weiteres gutes Beispiel für Ausdauer und Beharrlichkeit!"

„Ja. Vor allem, weil ich es nach und nach auch auf andere Arten von Schmerz ausdehnen konnte: Kopfschmerzen, Schnittverletzungen, Verstauchungen, in dieser Art eben."

„Sie wussten aber schon, dass Schmerzen auch ein Indikator dafür sind, dass irgendetwas nicht so ist, wie es sein sollte?"

„Natürlich! Wenn ich sagte: Ich konnte den Schmerz ausschalten, dann meinte ich damit nur den Nervenimpuls zum Gehirn. Ich wusste jederzeit, dass er noch vorhanden war! Er störte lediglich nicht mehr!"

„Und sie hatten diese Idee mit dem Trichter von ganz alleine? Niemand hat sie auf eine derartige Möglichkeit hingewiesen?"

„Jahrzehntelang wusste nicht einmal jemand, dass ich das konnte. Erst viele Jahrzehnte später habe ich mich mit einem Arzt über Biofeedback und verwandte Methoden unterhalten und der hat mir erklärt, dass sehr viele Menschen auf diese Methode verfallen."

„Uns sind viele ähnliche Fälle bekannt. Es handelt sich dabei um einen Vorgang, den wir als Kollektivwissen bezeichnen. Im Augenblick habe ich keine weiteren Fragen an sie."

Das war's wieder einmal. Ich hatte ein richtig gutes Gefühl und lehnte mich genussvoll zurück um den Anblick dieser herrlichen Bergwelt voll zu genießen.

Die 19. Stufe – Waffen

Über dem Anblick dieser Bergwelt musste ich wieder einge-schlafen sein. Denn nach einiger Zeit bemerkte ich, dass sich meine Umgebung schon wieder verändert hatte. Ich befand mich nun inmitten eines lockeren Waldes. Ich saß auf einer Bank neben einem Waldweg, mit Blick auf eine Lichtung, die sich in vielleicht hundertfünfzig Metern Entfernung befand.

Irgendwo im Hintergrund hörte ich einen Bach plätschern. Es roch nach frischem Harz, wie man es im Hochsommer in Nadelwäldern öfters zu riechen bekam. Der Weg vor mir war dementsprechend auch mit den Nadeln von Fichten, Föhren oder ähnlichen Bäumen übersät.

Meine Kenntnisse über biologische Diversitäten waren sehr begrenzt. Und da ich, wenigstens im Augenblick, auch noch alleine war, konnte ich nicht einmal jemanden fragen. Es war mir auch ziemlich egal, mir genügte es, die Umgebung auf mich wirken zu lassen und mich dem Gefühl von Ruhe und Zufrie-denheit hinzugeben.

Diese Ruhephase wurde jedoch schon bald unterbrochen. In der schon gewohnten Weise befand sich mein Prüfer plötzlich und ohne Vorwarnung neben mir. Diesmal sah er aus wie ein Fisch, den es versehentlich auf's Land verschlagen hatte. Nein, eher wie eine Robbe.

„Wie denken sie über Waffen?"

Das überraschte mich gewaltig! Hatte ich nicht schon deutlich genug zu verstehen gegeben, dass ich ein unver-besserlicher Pazifist war? Oder es ging vielleicht gar nicht um solche Waffen?

„Von welcher Art Waffen reden wir hier?"

„Nun, Waffen eben. Gerätschaften, welche ausschließlich zum Gebrauch des Tötens entwickelt wurden."

„Einer meiner Wahlsprüche lautet: >Wer eine Waffe besitzt,

benutzt sie früher oder später auch. Und dann noch zum falschen Zeitpunkt sowie wahrscheinlich mit dem falschen Ergebnis.< Wenn ich die Macht dazu hätte. Ich würde sämtliche Waffen, die zum Töten von Menschen verwendet werden, vernichten."

„Was ist mit den Waffen, welche zum Töten von Tieren benötigt werden?"

„Ein Grenzfall. Selbstverständlich muss ich ein Tier, welches in der Folge zum Verzehr bestimmt ist, zuvor schlachten. Aber dieser Vorgang kann durchaus auch ‚human' erfolgen. Schwieriger ist es, das Tier zuvor zu erlegen. Es stellt sich dabei jedoch die Frage, ob das heutzutage überhaupt noch erforderlich ist. Genügt es nicht sie dafür zu züchten? Wobei natürlich auch das in einer humanen Art geschehen sollte!"

„Und was ist mit all den Dingen des täglichen Bedarfs, die zwar nicht extra zum Töten gemacht, jedoch immer wieder dafür verwendet werden?"

„Das ist ein soziologisches Problem und hat nichts mit Waffen an sich zu tun. Leider ist der menschliche Erfindergeist dazu in der Lage jederzeit jedes gewünschte Ding als Mordwaffe zu verwenden. Dieses Problem lässt sich, so hoffe ich inbrünstig, in einer friedlicheren Zukunft lösen!"

„Bleiben noch die Waffen des Geistes. Was ist damit?"

„Wenn sie im Rahmen eines friedlichen und fairen Wettkampfes zum Einsatz kommen, dann ist nichts dagegen zu sagen. Aber ich würde es strikt ablehnen in diesem Zusammenhang von Waffen zu sprechen."

„Bleibt noch die Frage der Verteidigung. Wann darf man sich zur Wehr setzen und dabei gegebenenfalls den Angreifer auch töten?"

„Meiner Meinung nach eine schlechte Strategie. Jeder getötete oder zumindest vernichtend geschlagene Angreifer bringt unverzüglich nur noch weitere Angreifer hervor. Ein Teufelskreis aus dem es kaum möglich ist auszubrechen."

„Gut, aber wie wollen sie einem Angreifer sonst begegnen?"

„Falls es irgendwie möglich scheint, würde ich ihn von der Sinnlosigkeit eines Angriffes zu überzeugen versuchen. Denn auch für ihn gilt es, sich dem Teufelskreis aus Angriff und Verteidigung zu entziehen.“

„Dabei können jedoch viele Unschuldige zu Schaden kommen. Würden sie nicht versuchen, das zu verhindern?“

„Wie schon gesagt, ich würde den Angreifer von der Sinnlosigkeit seines Vorhabens zu überzeugen versuchen. Falls sich das als unmöglich herausstellt habe ich eben Pech gehabt. Aber vielleicht gelingt es jemandem nach mir.“

„Suchen sie sich und die ihnen Anvertrauten denn gar nicht vor einem Aggressor zu schützen?“

„Sofern es Schutzmaßnahmen sind, welche ohne Gewaltanwendung zum Einsatz gebracht werden können, selbstverständlich. Also Flucht oder Versteck oder – von mir keineswegs präferiert – Kollaboration.“

„Haben sie selbst nie Gewalt ausgeübt?“

„Bewusst nicht. Vielleicht in meiner Jugend, aus Übermut oder nur zum Schein. Jedenfalls nie mit der vollen Absicht jemandem zu schaden.“

„Dann kann ich ihnen zu ihrer Überzeugung nur gratulieren. Denn entweder sind sie nur zu dumm oder zu einfältig, um Bedrohungen richtig einschätzen zu können, was ich allerdings bezweifle, oder schlicht und einfach hoffnungslos blauäugig!“

Damit ließ er mich zurück und ich konnte nicht erkennen, ob das nun ein Lob oder ein Tadel war.

Dann bemerkte ich, dass ich darüber sinnierte, ob ich womöglich doch nicht in der Lage war, Bedrohungen zu erkennen und richtig einzuschätzen. Mir fiel beim besten Willen keine Situation in meinem Leben ein, in welchem ich einer massiven Bedrohung gegenüber stand.

Oder doch? Wie war das mit dem Ausschluss von der Matura? War das nicht eine wirkliche Bedrohung meines, noch gar nicht begonnenen und daher noch in weiter Ferne liegenden, Berufsweges? Sicherlich, ich war – jedenfalls meiner Meinung nach – völlig unschuldig ausgeschlossen worden, aber das änderte nichts an der Tatsache. Damals hatte ich mir nicht viele Gedanken darüber gemacht, in der Überzeugung, dass ich zum

Ersatztermin keine Schwierigkeiten haben würde, die Matura erfolgreich abzuschließen. Was ja dann auch ohne besondere Probleme erledigt worden war.

Aber was hatte ich zur Abwehr der Bedrohung getan? Im Grunde genommen: nichts! Ich hatte nicht einmal besonders viel gebüffelt um die entsprechende Sicherheit zu erhalten.

Vielleicht war das aber auch gar keine tatsächliche Bedrohung.

Die 20. Stufe – Wünsche

Sofern ich richtig mitgezählt hatte, befand ich mich in der Hälfte dieser neununddreißig Stufen. War das nun korrekt oder hatte ich mich in vielen Dingen nur der bequemen Illusion hingegeben, meine Sache bisher gut gemacht zu haben? Insgesamt hatte ich zwar ein gutes Gefühl, aber ob das auch der Realität entsprach, war etwas ganz anderes.

Etwas anderes empfand ich viel interessanter und bemerkenswerter: In den letzten Minuten, oder welcher Zeitrahmen hier auch immer für mich galt, hatte sich meine Umgebung wieder verändert. Und zwar auf eine recht dramatische Weise: Die Farben hatten sich alle in Richtung Rot verschoben!

Statt einem blauen hatte ich jetzt einen grüngelben Himmel! Die Sonne war ein leuchtender orangener Ball! Das ging ja gerade noch. Aber ich selbst sah aus, als ob ich zu lange in einem Backofen gelegen hätte: Meine Haut war nicht rosa oder rot, nein sie war dunkelviolett!

Entweder stimmte irgendetwas mit meinen Augen nicht, oder ich war in einer deutlich fremderen Welt gelandet, als alle Welten, welche ich bisher zu Gesicht bekommen hatte. Na, ja. Viel hatte ich ja noch nicht gesehen, aber alles was ich gesehen hatte, war nicht allzu verschieden von den Erfahrungen in meinem bisherigen Leben.

„Was haben sie erwartet? Dass in ihrem neuen Leben alles so bleibt, wie bisher?"

„Nein, natürlich nicht. Ich bin ja auch nicht unzufrieden mit dem was ich zu sehen bekomme. Ich war nur etwas verwundert über den doch etwas ungewohnten Farbwechsel!"

„Wenn er ihnen nicht zusagt, dann ändern sie ihn doch!"

„Das könnte ich?"

„Selbstverständlich! Sie brauchen sich nur auf die gewünschte Farbe zu konzentrieren und sie ihren Wunschvorstellungen anpassen. Das gleiche gilt auch für jedes beliebige Detail!"

„Heißt das, dass alles was ich bisher zu sehen bekam, nur meiner Vorstellung entsprang?"

„Natürlich! Uns ist es völlig egal, wie sie sich ihre Umwelt basteln."

„Aber es kann doch nicht alles nur von meinen undisziplinierten und konfusen Wünschen abhängen!?"

„Na ja, ganz so ist es nun auch wieder nicht. Wovon wir hier reden, ist lediglich ihr persönliches und nur für sie wahrnehmbares Umfeld. Ihre reale Umgebung sieht schon ein wenig anders aus!"

„Da bin ich aber beruhigt. Ich fürchtete schon, dass ich künftig meinen Wünschen ausgeliefert bin!"

„Wäre das so schlimm?"

„Ich denke schon. Bei uns gab es ein schönes Sprichwort: >Vorsicht mit Wünschen, sie könnten in Erfüllung gehen!<"

„Verstehe. Aber nichtsdestotrotz wären die Möglichkeiten doch recht interessant, alles nach seinen Wünschen gestalten zu können."

„Meiner Meinung wäre das chaotisch. Wie sollten die sicherlich äußerst divergierenden Wünsche aller intelligenten Wesen unter einen Hut gebracht werden? Ich glaube dass das letztendlich völlig unmöglich ist."

„Ganz so einfach können sie es sich jedoch nicht machen. Sprechen sie mit jemandem, der gänzlich anderer Meinung ist."

Die Umgebung hatte sich nicht wesentlich verändert. Die Farben waren zwar wieder ein wenig natürlicher, aber sonst war alles wie gehabt. Nur das Wesen, welches unweit von mir in einer Art Schaukel saß, war seltsam. Was mir als erstes in den Sinn kam, war: Das ist eine Meerjungfrau. Schlank und mit zwei Flossenfüßen anstatt Beinen sah sie recht fischähnlich aus. Dazu passte auch der sehr stromlinienförmige Kopf mit den Glupschaugen und dem Froschmäulchen.

Sie sah mir mit ihren Glupschaugen entgegen und schien

darauf zu warten, dass ich sie ansprach. Als ich kurz an mir hinunter blickte, sah ich zu meinem nicht geringen Erstaunen, dass ich mich nicht verändert hatte. Das erklärte auch den interessierten Blick mit dem sie mich erwartete. Ich sagte zwar ‚sie' aber es konnte selbstredend auch ein ‚er' sein. Trotzdem sprach sie mich an ohne auf meine Begrüßung zu warten.

„Ich habe mir zwar eine Begleitung gewünscht, aber nicht jemanden mit dem ich kaum vernünftig würde reden können!"

„Erst einmal: ‚Einen schönen guten Tag!' Was sollte sie daran hindern mit mir vernünftig zu reden?"

„Sie sehen ganz einfach nicht aus, wie jemand mit dem man vernünftig reden kann! Sie erinnern mich an einen Snork meiner Köchin. Und mit denen, das weiß jeder, kann man kein vernünftiges Gespräch führen."

„Ich hoffe doch, ich kann sie vom Gegenteil überzeugen."

„Na, dann zeigen sie einmal, was sie zu bieten haben."

„Wie wär's damit: Warum definieren sie ihre Wünsche so ungenau, dass sie nicht das bekommen, was sie sich vorgestellt hatten?"

„Eine durchaus berechtigte Frage. Ich war wohl durch meine Migräne zu stark abgelenkt."

„Wäre es dann nicht zweckmäßiger gewesen, sich vorerst die Migräne wegzuwünschen?"

„Ich wusste doch, dass ich mit ihnen nicht vernünftig diskutieren kann. Eine Migräne kann man nicht so einfach wegwünschen! Dazu müsste ich mit meinem Hypothalamus in Kontakt treten; und das können nur die sehr gut ausgebildeten Darganos!"

„Vielleicht erläutern sie mir dazu vorerst wie sie ihre ‚einfachen', nicht durch Spezialisten unterstützten Wünsche realisieren?"

„Wozu sollte das gut sein? Was hat das mit meiner Migräne zu tun?"

„Weil ich ihnen danach vielleicht dabei helfen kann, solche Fehler, wie mit mir, zu vermeiden?"

„Nun gut. Also: Ich formuliere einen Wunsch und hinterlege

ihn dann bei einer Wunschbox. Nach einiger Zeit werde ich dann davon verständigt, wie und wann mein Wunsch erfüllt wird."

„Und wer bearbeitet die in der Wunschbox gesammelten Ansuchen?"

„Was weiß ich. Das ist doch auch völlig irrelevant! Hauptsache, ist doch nur die Erfüllung."

„Werden Wünsche manchmal auch abgelehnt?"

„Oh ja!"

„Wird das auch begründet?"

„Meistens. Es kommt aber nicht sehr häufig vor, dass etwas abgelehnt wird. Es muss sich schon um sehr umfangreiche oder überhaupt sinnlose Wünsche handeln, damit sie abgelehnt werden. Mir wurde einmal einer mit der Begründung abgelehnt, dass ich ihn nicht würde nützen können."

„Und was war das für ein Wunsch?"

„Ich wollte ein Haus auf der Sonne. Dabei dachte ich, das wäre einmal eine schöne Abwechslung!"

„Wie wären sie denn da hingekommen? Ich wüsste nicht, dass man auf der Sonnenoberfläche überhaupt landen könnte!"

„Sie wissen offenbar vieles nicht! Lassen wir das alles also und gehen sie dahin zurück, wo sie hergekommen sind!"

Damit drehte sie sich von mir weg und ließ mich einfach stehen. Nicht viel klüger als vor diesem Gespräch wandte ich mich ab und ging zurück zu meinem ... was eigentlich? Arbeitsplatz? Prüfungsraum? Egal. Ich ging eben zurück.

Jedenfalls: So simpel war das mit dem Wünschen also auch nicht. Zwar war nicht klar wer eigentlich über die Wünsche entschied, ob es eine einzelne Person oder die Summe vieler war, wer weiß?

Andererseits beantwortete diese kurze Episode meine Einwände in keiner Weise. Ganz im Gegenteil, dieser kurze Ausflug unterstrich jedenfalls meine Ansicht, dass eine allgemeine >Wunsch-Welt< nicht so einfach zu realisieren wäre.

Die 21. Stufe – Telepathie

Immerhin: Das Aussehen meiner Umgebung konnte ich nach Belieben selbst bestimmen. Sofort war mir natürlich auch klar, dass das kein Zufall war, sondern ganz sicher dem Zweck der Prüfung zu verdanken war. Ob ich mir nun irgendwelche Unmöglichkeiten oder ganz reale Orte vorstellte, oder besser gesagt ‚produzierte‘, hatte zweifelsfrei mit meiner Beurteilung zu tun.

Ob diese Beurteilung jedoch dem entsprach, was ich mir vorstellte, war eine gänzlich andere Angelegenheit. Wie auch immer: Solange ich ‚Ich‘ blieb, konnte ich nicht wirklich falsch liegen. Andererseits: Was hatte vorhin diese seltsame Farbverschiebung bewirkt? Ich zweifelte stark daran, dass es sich dabei um meine Entscheidung handelte.

Vielmehr war ich davon überzeugt, dass es lediglich als Anlass für den Hinweis auf meine eigenen Gestaltungsmöglichkeiten inszeniert worden war. Ein Grund mehr, vorsichtig mit meinen Phantasien umzugehen!

„Wie ich sehe, haben sie den Sinn erfasst.“

Das Geschöpf, welches diesmal neben mir materialisiert hatte, war so ungefähr das seltsamste, das mir bis jetzt untergekommen war: Ungefähr so um die fünfzehn Zentimeter dick und dafür so an die zehn bis zwölf Meter lang. Wenn sie jetzt an eine Python denken liegen sie nicht so falsch. Jedoch lag oder kroch es nicht am Boden dahin, sondern es stand auf einer Art Fuß, der eher zu einer Stehlampe gepasst hätte.

Ja, und der Kopf war eigentlich gar keiner. Dafür gab es in ungefähr sieben Meter Höhe – Sie erinnern sich diese Schlange ‚stand‘! – ein rundes Loch, welches wohl den Mund darstellte, aber keinerlei Anzeichen von Nase, Augen oder Ohren. Da es aber ganz bestimmt sehen und hören konnte, machte ich mir keine weiteren Gedanken darüber.

„Wie ich ‚sehe', sind sie mit Telepathie gesegnet!"

„Sie finden das als Segen?"

„Nun, ich sehe einige durchaus wünschenswerte Vorzüge darin!"

„Keinerlei Nachteile?"

„Na ja. Vielleicht möchte man das eine oder andere doch gerne vor den ‚Lauschern' verbergen. Aber im Grunde denke ich, dass die Gewohnheit die meisten Unzulänglichkeiten verwischen würde."

„So nach dem Motto: ‚Ich muss nicht alles hören, was da so geplaudert wird!' beziehungsweise ‚Das interessiert mich nicht wirklich.' Meinen sie das?"

„Ja, in etwa. Ich stelle mir vor, es ist wie bei mir mit dem normalen Sehen und Hören. Was unwichtig scheint wird automatisch ausgeblendet. Es erfordert ganz schön viel Konzentration, etwas zu hören, das im restlichen ‚Rauschen' ansonsten untergehen würde!"

„Worin liegen dann die Vorzüge?"

„Zum Beispiel in der Entfernung. Ich unterstelle einmal, dass es nicht nur auf Sicht- oder Hörweite funktioniert, sondern eventuell auch durch eine Mauer hindurch oder auf wirklich weite Entfernungen."

„Und wie soll das funktionieren?"

„Vielleicht so ähnlich wie Radio, Fernsehen und Telefonieren?"

„Wenn es aber nur über sehr kurze Entfernungen funktioniert? Oder nur bei Berührung der anderen Person?"

„In diesem Falle zweifle ich daran, dass sich die Natur mit der Sache überhaupt abgegeben und sie gar nicht erst entwickelt hätte!"

„Sie sind also der Meinung, dass es im Zuge der natürlichen Evolution von der Natur erfunden wird?"

„Ganz bestimmt. Wie ich überhaupt die Meinung vertrete, dass so gut wie alles, was man sich ausdenken kann, früher oder später Realität wird. Ganz egal, ob auf natürlichem, oder auf künstlichem Wege!"

„Sie gestehen der Natur aber außerordentlich großzügig bemessene Ressourcen zu. Ist das nicht doch etwas zu hoch gegriffen?"

„Wenn ich mir so vorstelle, was sie in den letzten paar Millionen Jahren alleine auf der Erde schon alles zuwege gebracht hat: Nein. Keineswegs zu hoch gegriffen. Eher noch zu niedrig."

„Meinen sie, dass sie selbst, beziehungsweise ihre Rasse, wenn sie lang genug existiert, ebenso in den Genuss dieser Entwicklung kommt?"

„Aber ganz gewiss! Und wahrscheinlich noch viel phantastischere Dinge von denen ich noch nicht einmal die Idee einer Vorstellung habe."

„Glauben sie, dass sie in ihrem neuen Leben ebenso mit diesen oder ähnlichen Attributen ausgestattet werden?"

„Vielleicht nicht gerade ausgestattet, aber mit der Möglichkeit sie zu erwerben."

„Und sie denken nicht, dass nur ihre Phantasie mit ihnen durchgeht?"

„Auf keinen Fall!"

„Darf ich dem entnehmen, dass sie schon in freudiger Erwartung all diesen neuen Möglichkeiten entgegen sehen?"

„Unbedingt! Ich mache mir lediglich noch keine besonderen Gedanken über all diese Wunder, weil ich sie einerseits noch gar nicht benennen kann und andererseits wahrscheinlich sowieso alles ganz anders ist, als ich es mir vorzustellen vermag."

„Da gebe ich ihnen rückhaltlos Recht!"

Wobei gab er mir nun Recht? Dass ich keine Ahnung hatte, welche Art Wunder mich erwarteten, oder dass alles ganz anders ist, oder, oder, oder?

Wobei auch immer er/sie mir Recht gab, so war ich dennoch überzeugt, dass mein künftiges Leben weitaus mehr zu bieten haben würde, als ein paar sonderbare Tricks aus einem Fantasy-Film. Es mussten letztlich doch sehr einschneidende Veränderungen sein, wenn sie schon alleine darin zu sehen waren, dass sich Geschöpfe der unterschiedlichsten Arten nur so einfach zu Konglomeraten verschränken konnten. Und noch dazu mit einem gewissermaßen zusammengeschalteten Gehirn!

Die 22. Stufe – Ruhe und Stille

Nach einiger Überlegung hatte ich meine Umgebung derart angepasst, dass ich in einem Rattan-Sessel auf einer überdachten Terrasse mit Holzboden saß. Der Blick nach Süden – ich stellte mir einfach diese Richtung als Süden vor – bot mir eine gefällige Aussicht auf einen weitläufigen See. Rund um den See gab es Mischwälder und im Hintergrund einige nicht zu hohe Berge.

Die Sonne hatte ich im Südwesten nahe dem Horizont, der durch die Berge gegeben war, in einem orange-gelb, das nicht zu grell war, platziert. Da ich den Terrassenboden mit Holzplanken, zwischen denen man hindurch sehen konnte, ausgebildet hatte, konnte ich unter mir einen gepflegten und mit kleinen Rosenbüschen bepflanzten Rasen sehen.

Eine schmale Holztreppe führte von der Terrasse zu diesem Rasen hinab. Der Übergang zum Seeufer wurde durch einen leicht abfallenden Kiesstrand gebildet, der zu einem kleinen Steg führte. An diesem war ein kleines Ruderboot angebunden, sodass ich bei Bedarf auf den See hinausrudern konnte.

Neben mir auf einem kleinen Beistelltischchen stand ein Glas und ein Krug mit Apfelsaft. Daneben lag noch ein A5-großer Block und ein Bleistift, damit ich mir eventuell Notizen zu meinen Überlegungen machen konnte. Nach einer kurzen Denkpause überlegte ich, dass der Bleistift überflüssig sein könnte, wenn ich die Notiz gewissermaßen auf den Block ‚dachte'.

Ein kleiner Test bestätigte das auch und so entfernte ich den Bleistift wieder vom Tisch und legte stattdessen ein Buch daneben. Ich versuchte mich an ein Buch zu erinnern, welches ich schon immer ein weiteres Mal zu lesen gedachte, aber mir fiel im Augenblick keines ein und so ließ ich das Buch mit leerem Umschlag liegen.

Ein kleiner Vogel, vielleicht ein Sperling, flog heran und

setzte sich auf das Terrassengeländer in meiner Nähe. Erst tschilpte er nach Spatzenart, so als wolle er sich über mein mangelndes Interesse beklagen, aber dann wurden seine Äußerungen klarer, sodass ich sie verstehen konnte.

„Wie ich sehe haben sie sich schon recht gemütlich eingerichtet!"

Es war tatsächlich der Sperling der da zu mir sprach! Er hatte zwar noch immer diese tschilpende Stimme, aber ansonsten war es verständlich.

„Nachdem ich jetzt weiß wie es geht war es recht simpel. Gefällt es ihnen auch?"

„Ich hätte mich zwar für Anderes entschieden, aber ja, es gefällt mir."

„Ist ihr Auftritt als Spatz bereits eine Reaktion auf dieses Ambiente?"

„In gewisser Weise. Andererseits wollte ich immer schon einmal als Vogel in Erscheinung treten."

„Ist eines ihrer Individuen aus einer gefiederten Rasse?"

„Mehrere sogar. Eigentlich viele, wenn man ihre Abstammung bedenkt. Allerdings sind sie im Regelfall sehr viel größer."

„Ist die Größe der dargestellten Spezies für ihre Aufgabe relevant?"

„In keiner Weise. Sie dient lediglich zu unserer Erbauung. Wofür war ihr Buch gedacht?"

„Genau genommen ebenfalls nur zur Erbauung. Allein, es scheint als hätte ich vergessen, woran mir einst gelegen war."

„Haben sie seit jeher gewünscht sich in eine geruhsame und stille Umgebung zurückzuziehen?"

„Soweit ich darauf Einfluss nehmen konnte, war meine Welt immer ruhig und beschaulich. Hektik war nie mein Ding."

„Und wenn sie keinen Einfluss darauf nehmen konnten?"

„In irgendeiner Weise kann man immer darauf reagieren. Einer meiner Chefs hat einmal gesagt, dass ich erst dann zu einer Hochform auflaufe, wenn ich richtig gefordert bin. Aber das hatte wohl mehr damit zu tun, dass ich bei jeder Tätigkeit immer jeden einzelnen Handgriff genau bedenke, was in Stresssituationen erst recht erforderlich ist."

„Und damit haben sie sich eine innere Ruhe verschafft?"

„So ist es."

„Das wirkt ein wenig wie Buddhismus. Wären sie gerne ein Buddhist?"

„Oh nein! Ich schätze nur seine fünf Silas."

„Die da sind?"

„Erstens: Kein Lebewesen zu töten oder zu verletzen.

Zweitens: Nichts zu nehmen, was nicht für mich bestimmt ist.

Drittens: Keine maßlosen Handlungen zu tätigen.

Viertens: Nicht zu lügen und mich wohlwollend zu verhalten.

Und schließlich fünftens: Nichts zu konsumieren, das den Geist verwirrt."

„Es ist nicht einfach danach zu leben."

„Was im Leben ist schon einfach? Ich habe jedoch nach bestem Wissen versucht, mich daran zu halten."

„Sie haben auch nie ein Lebewesen getötet?"

„Ich gestehe, dass ich bei Insekten oft nicht zimperlich bin. Aber es traf bewusst nur solche die entweder nur lästig waren oder solche die irgendwie lebensbedrohlich wirkten. Zecken, Tsetsefliegen, Gelsen und so was."

„Wie ist das mit der Zustimmung, dass jemand anderer ein Lebewesen töten wird oder getötet hat?"

„Da haben sie mich leider Gottes am falschen Fuß erwischt! Ich möchte mich jedoch keinesfalls zum Richter über die Handlungen eines Anderen aufspielen. Daher werde ich ihre Frage nicht so beantworten, wie sie es vielleicht von mir erwarten."

„Und wie werden sie sie beantworten?"

„Es gibt zwei Ausnahmen über welche ich nicht sprechen werde. Unter Umständen auch drei. Damit basta!"

„Sie wissen es nicht genau?"

„Nein."

„Dann wollen wir es dabei belassen."

Er ließ mich mit einem mulmigen Gefühl im Magen zurück.

Eigentlich wusste ich nicht einmal, ob ich überhaupt noch einen Magen besaß. Und wenn, dann jedenfalls nicht ob er in der alten Weise funktionieren würde.

In Ermangelung eines besseren Einfalls lehnte ich mich in meinem Sessel zurück und genoss einen herrlichen Sonnenuntergang. Dachte ich. Bis ich drauf kam, dass ich den Sonnenuntergang praktisch ‚programmieren' musste. Und da ich keine Ahnung hatte, wie ich das machen sollte, beließ ich die Sonne dort wo sie war, schloss die Augen und versuchte zu träumen.

Die 23. Stufe – Genuss

Nach kaum einer – gefühlten! – Minute war er schon wieder da. Dieses Mal in Badekleidung. Jedenfalls sah dieses lange und flatternde Gespinst so aus, als würde es an einen Strand gehören. Das darin verborgene Wesen mochte im wahren Leben so etwas wie ein kunstvoll gestalteter Luftballon gewesen sein.

Sie kennen sicherlich die Leute auf den Jahrmärkten, welche für Kinder die tollsten Gebilde aus Luftschlangen und Ballons formten. Nun stellen sie sich folgendes Gebilde vor:

Am Boden eine Art Ring wie ein Schwimmreifen, von welchem drei oder vier, wohl beinartige, Stützen in Form von sich dauernd verändernden Luftschläuchen weggingen. Darüber wölbte sich ein beinahe kugelförmiger Ballon, von welchem wiederum vier oder fünf – die Gestalt konnte oder wollte sich offensichtlich nicht festlegen – tentakelartige äußerst dünne Filamente abgingen. Ob es sich um greif-, tast- oder sonstige Organe handelte, war nicht zu erkennen. Verbunden mit einem stabil aussehenden Hals saß auf dem großen Ballon ein sehr viel kleinerer, der alle notwendigen Attribute eines mehr oder weniger normalen Kopfes beinhaltete.

Und über das Ganze und um es herum eben dieses flatternde aus lauter Bändern bestehende Gespinst in mindestens dreißig Farben. Alles in Allem sah das komplette Geschöpf so aus, als wäre es ganz speziell für ein Leben in der Luft konzipiert.

„Ich werde das Gefühl nicht los, dass sie ihr Hiersein aus ganzem Herzen genießen." Sagte dieses luftige Geschöpf.

„Ich habe bei ihnen das absolut gleiche Gefühl."

„Und? Ist das schlecht?"

„Nein, natürlich nicht. Andererseits habe ich sonst nichts zu tun. Für sie sieht das meiner Meinung jedoch ganz anders aus. Sie haben immerhin eine beträchtliche Aufgabe."

„Denken sie, sie haben keine?"

„Schon. Aber ich kann von mir aus nicht viel dazu tun! Ich bin absolut auf sie angewiesen."

Inzwischen hatte sich das Geschöpf zu mir gesellt, indem es nahe bei mir schwebte. Natürlich schwebte es! Was sollte ein dermaßen luftiges und zartes Wesen auch sonst tun? Falls es sich niedergesetzt hätte, wäre mir das reichlich seltsam und unnatürlich erschienen.

„Woraus schließen sie eigentlich, dass ich meinerseits ihre Gesellschaft genieße?"

„Ich habe nicht gesagt, dass sie meine Gesellschaft genießen, ich meinte ihr Leben und ihre Aufgabe. Sie genießen einfach ihre Existenz in ihrer Gesamtheit. Alleine die vielen Erscheinungsformen, mit denen sie mich beehren!"

„Sie denken, ich tue das ihnen zu Ehren?"

„Vielleicht nicht direkt so, aber ich fühle mich durch sie eben geehrt. Selbst wenn es nicht so gedacht ist. Und wenn ich ehrlich bin, dann genieße ich auch die Art, wie sie mir entgegen treten."

„Sind sie ein Genuss-Mensch?"

„Auch wenn ich den Genuss an sich nicht suche, so versuche ich jeden Augenblick zu genießen. Vielleicht sollte ich besser sagen, dass ich alles mir Gebotene zu genießen suche. Wäre nicht jede Blume verschwendet, wenn es niemanden gäbe, der ihre Existenz bewundern und ihren Anblick und ihren Duft genießen würde?"

„Bis vor kurzem hatten sie aber weder Blumen noch sonst Greifbares um sich daran zu erfreuen."

„Ich hatte ihre vielfältigen Gestalten, welche ich bewundern konnte."

„Meine ewige Fragerei haben sie aber nicht genossen."

„Doch, doch! Ich habe schon seit jeher diese Art von Streitgesprächen genossen. Und wenn ich es sagen darf, ohne allzu eitel zu erscheinen, oft habe ich diese Gespräche geradezu herausgefordert!"

„Ist für sie wirklich alles nur Genuss?"

„Nicht alles. Aber das meiste. Sehen sie, wenn ich irgendeiner Tätigkeit nachgehe, so ist das oftmals mit Schwierigkeiten und Unannehmlichkeiten aller Arten verbunden. Jedoch kann die Tätigkeit als solche im Detail nicht nur reizvoll, sondern durchaus auch befriedigend sein. Ja, und wenn schon nichts anderes, dann bereitet das gelungene Ergebnis Genuss."

„Setzt das nicht voraus, dass das Ergebnis in jedem Fall als gelungen zu betrachten ist?"

„Da ich alles was ich tue, mit Bedacht tue, versuche ich von vornherein ein günstiges Ergebnis zu erzielen. Und wenn es vielleicht auch sonst keinen Grund zur Zufriedenheit gibt, so wenigstens den, dass es erledigt ist. Auch das kann und wird Genuss sein."

Das Wesen stieg einige Meter in die Höhe und ließ einen Sprühregen auf mich niedergehen. Wenngleich der auch überraschend kam, so fühlte ich mich nicht übertölpelt, sondern sah es als scherzhafte Neckerei an.

„Danke für die Erfrischung! Ich wollte sowieso gerade baden gehen."

„Baden ist keine Option für mich, also: Auf Wiedersehen!"

Nachdem ich wieder mit mir alleine war, fiel mir endlich der Buchtitel des Buches ein, das nochmals zu lesen ich schon seit längerem vorgehabt hatte: ‚Die denkenden Wälder' von Alan Dean Foster. Zwar konnte ich mich noch sehr gut, auch an viele Details, erinnern, aber mich faszinierte allein der Gedanke an eine Zivilisation von Pflanzen.

Obwohl der Film ‚Avatar – Aufbruch nach Pandora' sich zum Teil dieser Zivilisation bedient, verfolgt er doch eine gänzlich andere Strategie. Aber als Bild auf dem Einband machte sich der ‚Mutterbaum' aus diesem Film ganz bestimmt hervorragend.

Die 24. Stufe – Intelligenz

Diesmal ließ er mich eigentlich gar nicht allein, denn unmittelbar nach dem Sprühregen und seinem Abschiedsgruß kam er wieder herabgeschwebt um mich sofort mit seiner nächsten Frage zu bombardieren.

„Sie schätzen also, wie ich gerade sehe, besondere Zivilisations-Arten. Halten sie eigentlich alle Arten von Leben für zivilisationsfähig?"

Während er diese Frage stellte, verwandelte er sich von diesem Luftwesen zu einem – wahrscheinlich – Pflanzenwesen. Und obwohl ich schon mit dem ‚Strauch' konfrontiert gewesen war, war dieses neue Wesen von gänzlich anderer Konstitution. Im Prinzip sah es aus wie eine Agave, wobei die hochragenden spitz zulaufenden und stacheligen Blätter eine im Zentrum sitzende Knospe umgaben.

Ich nahm einmal an, dass diese Knospe wohl das Äquivalent eines Kopfes darstellte. Der untere, nicht sichtbare, Teil der ‚Pflanze' – im Grunde fiel es mir schwer, das Geschöpf als Pflanze zu bezeichnen, aber mir fiel beim besten Willen kein besser geeigneter Name dafür ein – der, so nahm ich wenigstens an, wohl in der Erde verborgen war, diente wahrscheinlich im Falle des Falles zur Fortbewegung.

„Ich muss gestehen, dass ich vermessen genug bin, unter ganz bestimmten Bedingungen sogar mineralischen Komponenten Intelligenz zuzutrauen!"

„Das bedeutet also im Wesentlichen, dass sie keine wie auch immer geartete Intelligenz wirklich für unmöglich ansehen?"

„Natürlich gibt es Grenzen. Aber diese Grenzen werden eher vom Verstand gesetzt. Vom Gefühl her würde ich keine Einschränkungen sehen."

„Wo sind diese verstandesmäßigen Grenzen angesiedelt?"

„Dort wo es keine kontinuierliche und daher mehr oder

weniger stabile Verbindung zwischen den beteiligten Elementen gibt. Oder, nach meinem Verständnis, nicht geben kann. Zum Beispiel im All verstreute Elektronen, die sich nicht zu Wolken aus Elementarteilchen verbinden ... können."

„Sie lassen ein sehr weites Feld von Möglichkeiten zu!"

„Ist dem nicht so?"

„Es ist nicht so, dass ich auch nur annähernd alles weiß. Jedoch bin ich in der Lage, etwas sehr Grundsätzliches dazu zu sagen. Eine stabile Bindung ist zwar nützlich, aber nicht unbedingt erforderlich. Die Kommunikation der beteiligten Elemente, egal ob es sich um Elementarteilchen oder komplett ausgebildete Zellen handelt, untereinander schon eher."

„Es gibt also tatsächlich viel mehr, als der kleine Mann sich vorzustellen vermag!"

„So ist es."

„Aber ist es nicht mitunter schwierig mit Wesen einer bestimmten Art zu kommunizieren?"

„In ihrer natürlichen, ursprünglichen Form sehr wohl. In der Folge ihrer Lebenszyklen wird es zunehmend einfacher. Was denken sie, ist die größte Schwierigkeit bei der Kommunikation?"

„In der Ausdrucksgeschwindigkeit? In der Erkennbarkeit? Im logischen und/oder im ethnischen Verständnis?"

„Meistens eine Kombination mehrerer Eigenschaften und Attribute. Sie scheinen ein gutes Verständnis für komplexe Zusammenhänge zu haben!"

„Ich glaube, ich habe vor allem ein mathematisch organisiertes Gehirn. Jedenfalls hab ich mit Kopfrechnen weniger Probleme, als mit emotionalem Verständnis!"

„Woran, denken sie, erkennt man Intelligenz?"

„An der Fähigkeit, aus einer Abfolge von Zuständen Schlüsse zu ziehen und sie bei künftigen Ereignissen zu berücksichtigen."

„Das ist sicher von Nutzen. Aber ist es auch ausreichend?"

„Nun, wenn es die instinktmäßigen Reaktionen übersteigt, dann: Ja."

„Wo ist die Grenze zum Instinkt?"

„In der Fähigkeit zur Selbsterkenntnis, im Ich-Bewusstsein."

„Fehlt da nicht noch etwas ganz entscheidendes?"

„Uneigennützigkeit? Ich weiß nicht. Ich hätte die soziale Komponente erst als Folge von intelligentem Verhalten einge-stuft. Außerdem ist soziales Verhalten schwer einschätzbar. Wo liegt die Grenze zwischen mütterlichem Instinkt und der Obsorge für fremde Kinder?"

„Am besten wird es sein, wenn sie mir von der folgenden Szene sagen, ob sie Instinkt oder Intelligenz zur Voraussetzung hat."

Und schon fand ich mich in einer Umgebung wieder, wie sie bizarrer nicht sein hätte können. Auf den ersten Blick hätte man meinen können, ich sei in einer Kristallwelt gelandet. Auf den zweiten Blick jedoch konnte man sehen, dass diese ‚Kristalle', sofern es überhaupt welche waren, lebten.

Oder wie sollte man es sonst bezeichnen, wenn sie sich andauernd veränderten? Es war zwar nicht sofort zu sehen, da die Veränderungen nur sehr langsam vor sich gingen. Bei ge-nauerer Betrachtung konnte man aber diffizile Änderungen feststellen.

So wuchsen aus den Kristallen neue Abzweigungen und Auswüchse, aber es gab auch Bereiche, in denen sie sich gewissermaßen zurückzogen. Am Bemerkenswertesten waren jedoch die neuen Verbindungen, welche sie untereinander bildeten. Und auch wieder lösten!

Der Sinn dieser wechselseitigen ‚Beziehungen' war meiner Meinung nach ganz offensichtlich Kommunikation! Nun sagt Kommunikation noch so gut wie gar nichts über den Inhalt dieser ‚Gespräche' aus. Jedenfalls verstand ich das Ganze als Gespräch. Falls es das nicht war, dann wüsste ich nicht, was es sonst hätte sein können!

Vor allem hätte meine Versetzung in diese unglaubliche Umgebung andernfalls überhaupt keinen Sinn gemacht! Anderer-seits stellte sich die Frage: Wie sollte ich, der ich keinerlei Erfahrung mit fremden Rassen und vor allem mit fremden Kulturen hatte, irgendetwas Sinnvolles feststellen und beurteilen können?

Allerdings: Genau das war der Grund, warum ich hier gelandet war! Ich sollte daraus meine Schlüsse ziehen! Konnte ich

a) Intelligenz erkennen und
b) womöglich auch Sozialverhalten?

Wonach sollte ich Ausschau halten?

Woran konnte ich ein selbstbewusstes zielgerichtetes Verhalten von einem rein instinktgesteuerten Verhalten unterscheiden? Jedes Verhalten, das lediglich der Nahrungsbeschaffung und Nahrungsaufnahme diente, war meines Erachtens in erster Linie nur dem Instinkt zuzuschreiben. Natürlich nur dann, wenn es für sich selbst oder für das eigene Kind gedacht ist. Oder war Letzteres bereits soziale Verantwortung? Man wusste von etlichen Tieren, dass sie innerhalb einer Großfamilie agierten und damit noch keine wirklich uneigennützige Sozialkompetenz an den Tag legten!

Ich musste mir eingestehen, dass ich keine Ahnung hatte, wie ich dem Problem beikommen könnte. Vielleicht, wenn ich eine jahrelange Studie im Kreise dieser Geschöpfe hätte vornehmen können ...

„Sie sehen also: So einfach kann man die Frage nach der Intelligenz wohl doch nicht beantworten!"

Ich war dieser bizarren Umgebung genau so rasch entledigt worden, wie ich mit ihr konfrontiert worden war. Aber ich war um eine grundsätzliche Erfahrung reicher: Nicht alles, was ich in mir meiner Unbedarftheit so zurecht legte, war bei näherer Betrachtung noch immer sinnvoll!

Die 25. Stufe – Reinheit

Ohne Übergang zum gerade behandelten Thema fragte er mich: „Sie haben sich an einem See eingerichtet. Haben sie ein großes Bedürfnis nach Reinheit?"

„Meinen sie die körperliche Reinheit oder die Reinheit der Natur?"

„Die Reinheit hat viele Aspekte: Umwelt, Körper, Seele, …"

Das war nun wieder so ein Thema! Natürlich hatte ich meinen Körper rein gehalten. Als zivilisierter Mensch tat man das ganz automatisch und selbstverständlich. Danach wollte er mich sicherlich nicht fragen! Umwelt? Was hatte ich zur Erhaltung der Umwelt beigetragen? Ging es überhaupt darum, was ich beigetragen hatte, oder mehr darum, was ich dazu hätte beitragen können oder sollen? Eher das Letztere.

„Nach meinem Verständnis habe ich versucht, möglichst wenig Abfall zu produzieren. Aber ich war kein militanter Grüner, obwohl ich manchmal mit ihren Ideen konform ging. Bestimmte Aktivitäten von Greenpeace und Konsorten fand ich zwar mutig, oft jedoch auch reichlich überzogen."

„Was genau meinen sie mit ‚wenig Abfall produzieren'?"

Oh je! Wo führt das hin? „Also einerseits keine überzogene Verpackung beim Kauf einer Ware, soweit das vermeidbar war, wie etwa einen Einkauf mit der eigenen Tasche zu bestreiten und nicht jedes Mal eine neue Tasche dafür verwenden. Andererseits jede unvermeidbare Verpackung so oft als möglich wieder zu verwenden."

„Ist das nicht ein reichlich kleiner Beitrag?"

„Na ja, allzu viele Möglichkeiten gibt es da wohl nicht. Andererseits fällt mir ein, ich habe stets versucht, nur Produkte der Saison, der heimischen Umgebung zu verwenden. Also möglichst ohne große Transportwege und so. Und überhaupt die Nahversorgung zu bevorzugen."

„Ich sehe schon, so kommen wir nicht weiter. Das Alles ist ja schön und gut aber es geht am Kern vorbei. Obwohl ich selbstverständlich auch die Vorbildwirkung nicht gering achte, so ist mir eine aktive Mitarbeit lieber. Lassen wir also dieses Thema und wenden wir uns statt dessen lieber ihrer ‚reinen Seele‘ zu."

„Ich fürchte, so rein ist meine Seele leider nicht!"

„Und wodurch wurde sie beschmutzt?"

„Hauptsächlich wohl durch Selbstgefälligkeit. Nicht alles was in meinem Leben schief lief, war die Schuld anderer. Vieles muss ich, ob ich will oder nicht, mir selbst auf die Fahne heften. Und selbst wenn andere vielleicht auch eine Mitschuld trifft, so hätte ich eventuell durch klügeres Vorgehen, diese Mitschuld verhindern können."

„Ist das häufig geschehen?"

„Zu oft, wie ich gestehen muss. Natürlich habe ich mich bemüht immer weniger Schuld auf mich zu laden. Der Erfolg war aber mitunter nur unter einer Lupe zu erkennen."

„Letztendlich hatten sie aber doch einen beachtlichen Erfolg mit ihren Bemühungen, oder nicht?"

„Wie man's nimmt. Es gibt schon ein paar schwarze Flecken, die sich nicht schönreden lassen."

„Da höre ich einerseits sehr viel Bedauern heraus und andererseits viel Bemühen um Wiedergutmachung. Waren sie dabei erfolgreicher?"

„Ob ich erfolgreich dabei war, kann ich nicht sagen, aber ich lag mit Niemandem im Streit oder auch nur im Unfrieden. Ich glaube auch nicht, dass mir irgendjemand Böswilligkeit unterstellte oder mir ernsthaft gram war. Insofern war ich möglicherweise erfolgreich."

„Ist das nicht schon Grund genug für Zufriedenheit?"

„Oh! Ich bin nicht unzufrieden. Ich finde lediglich, dass ich dieses oder jenes hätte besser machen können. Und zwar weil ich wissentlich entgegen meiner Einschätzung gehandelt habe!"

„Ich sagte schon einmal, dass sie viel zu streng mit sich sind. Erstens ist kein Mensch vollkommen – Gott sei Dank! – und zweitens werten sie ihre Bemühungen viel zu nieder!"

„Kann man Verfehlungen nicht hoch genug bewerten? Wir sprechen hier doch von Verfehlungen, oder etwa nicht?"

„Heißt es bei ihnen nicht: ‚Wer ohne Fehl ist, der werfe den ersten Stein'?"

„Es heißt aber auch: ‚Jeder kehre vor seiner eigenen Türe'!"

„Möchten sie einen Wettstreit mit Sprichwörtern und klugen Reden?"

„Den würde ich ganz gewiss haushoch verlieren. Also: Nein!"

„Höre ich da Selbstmitleid heraus?"

„Keineswegs. Nur Selbsterkenntnis."

„Und die ist, wie man so sagt, der erste Weg zur Besserung."
Damit ließ er mich wieder mit mir selbst allein zurück.

Die 26. Stufe – Gebet

„Beten sie? Wenigstens gelegentlich?"

Was mir jetzt gegenüber saß war eine wunderschöne Schmusekatze. Nicht so wie ein Plüschtier, sondern ein richtiges Kätzchen, wenn auch ein wenig größer als Katzen so üblicherweise sind. Fast schon so groß wie eine ausgewachsene Großkatze. Ich hätte mich auf der Stelle in sie verlieben können!

„Ich halte Gebete grundsätzlich für sinnlos. Gebet kommt bekanntlich von Bitte und wie sie wissen, bin ich der Meinung, dass Gott Wichtigeres zu tun hat, als sich mit den kleinlichen und bedeutungslosen Ängsten und Wünschen von unbedeutenden Menschen abzugeben."

„Ist das ihrer Meinung nach die einzige Art von Gebet?"

„Mehr oder weniger. Was sollte es sonst noch geben?"

„Schicksal? Vorsehung? Kismet?"

„Sind alles nur andere Begriffe für unbegreifliche höhere Mächte."

„Können Gebete nicht auch der eigenen Beruhigung dienen? Eventuell sogar dazu sich Mut zu machen?"

„Ich weiß nicht recht. Möglich, dass es an jemanden gerichtet sein könnte, der einem wenigstens theoretisch helfen kann. Aber das wäre dann weniger ein Gebet, denn ein Hilferuf!"

„Sind diese Hilferufe nicht vielleicht doch sinnvoll?"

„Möglich, aber nicht im Sinne eines Gebetes, sondern mehr im Sinne der erwünschten Hoffnung!"

„Wie steht es jedoch mit der Beruhigung? Mit dem Ziel sich dadurch selbst Mut zuzusprechen?"

„All das verstehe ich nicht unter einem Gebet."

„Muss ein Gebet immer nur für sich selbst sein? Könnte es nicht genauso gut für jemanden sein, dem man aus der Ferne zwar nicht hilfreich zur Seite stehen kann, für den man sich aber im entscheidenden Moment Hilfe ersehnt?"

„Wiederum: Dann ist es eben genau das; und sicherlich kein Gebet. Ein ernsthaftes Gebet sehe ich als Ausdruck der Verzweiflung. Nicht dass ich es in diesem Fall für sinnvoller halte. Jedoch als allerletzte Möglichkeit, bevor man sich endgültig der Verzweiflung hingibt, spendet es so etwas Ähnliches wie Trost!"

„Gibt nicht genau das einem Gebet Sinn?"

„Wenn ich an all die Gebete denke, welche mir bekannt sind, dann trifft keines davon darauf zu."

„Kennen sie viele Gebete?"

„Wahrscheinlich nicht allzu viele. Jedoch sind meines Erachtens nach alle nur noch leere Worthülsen, die ohne tieferes Verständnis und vor allem ohne Hingabe herunter geleiert werden. Wenn ich an echte Gebete denke, und zwar in dem oben genannten Sinn, dann bedarf es dafür bestimmt keiner vorgefertigten Floskeln, sondern dann bricht es wortlos aus der davon betroffenen Person hervor!"

„Kommt da nicht wieder ihr Perfektionismus hervor? Wie steht es mit den Gebeten für Kinder? Diese müssen ja erst beten lernen!"

„Aber doch nicht mit für sie unverständlichen Worten! Was sollen sie denn aus diesen Floskeln lernen? Worauf können sie sich später einmal schon beziehen? Indem man sie mit, wenigstens in ihren Augen, seltsamen Ritualen überfrachtet? Was passiert denn, wenn sie erst einmal selbständig über all diese Riten nachdenken? Sie verwerfen sie als das was sie sind. Nämlich für ihr tägliches Leben schlicht und einfach unbrauchbar. All das schadet ihrem Glauben mehr als es nützt. Und wenn sie später einmal, von sich aus, wieder zum Glauben zurückfinden, dann ganz gewiss nicht anhand der kindlichen Gebete!"

„Wie sollen Kinder dann aber mit dem Glauben vertraut gemacht werden, wenn nicht mit Gebeten und Ritualen?"

„Man kann ihnen durchaus das Beten lehren. Aber ganz sicher nicht mit den kaum aussagekräftigen so genannten Kindergebeten. Wenn schon, dann damit, dass man ihnen erklärt, wofür Gebete stehen und wann und für wen es sinnvoll ist zu beten. Und indem man sie dazu ermutigt eigene Worte zu finden."

„Aber sie sprechen doch jedem Gebet seinen Sinn ab!"

„Das ändert nichts daran, dass man einem Kind die in seiner Welt wichtigen Bedürfnisse verständlich macht. Und ihre Gebete dahingehend mit Sinn versehen. Auch Kinder sind dann durchaus in der Lage, für sich selbst die richtigen Worte und Begründungen zu finden. Falls sie dazu noch zu klein, beziehungsweise noch zu unverständig sind, haben Gebete erst recht keinen Sinn! Weil sie durch die Vorgaben nämlich daran gehindert werden, wirklich für sich selbst zu überlegen, worum sie beten möchten."

„Haben sie wirklich zu so gut wie jeder Frage eine gefestigte Meinung, die praktisch durch nichts zu erschüttern ist?"

„Durchaus nicht. Aber es bedarf schon einiger Überzeugungskraft, um mich dazu zu bringen einen Sachverhalt neu zu überdenken, über den ich mir in langen Jahren schon ausgiebig Gedanken gemacht habe."

„Verwerfen sie von sich aus nie eine ihrer einmal gebildeten Meinungen und Ansichten?"

„Nur in der Anfangsphase meiner Überlegungen. Sobald diese in irgendeiner Form zu einem Abschluss gekommen sind, besteht kein Grund mehr dazu, sie noch weiterhin zu hinterfragen!"

„Gibt es nie irgendein Ereignis oder eine Erfahrung, die sie nötigt ihre Ansicht neu zu überdenken?"

„Bis jetzt ist mir solches noch nicht widerfahren."

„Dann sind sie ein wahrlich seltenes Exemplar von Mensch!"

Das war nun absolut keine Bewunderung, sondern genau genommen eine ... eine ... Verachtung? ... Nein: Mitleid! Na, ja, besser als nichts.

Die 27. Stufe – Einsamkeit

Zweifellos hatte ich sie mit meiner Sturheit verärgert. Warum konnte ich mich nicht, wie jeder normale denkende Mensch, dazu aufraffen, einmal Gedachtes neu zu überdenken, wenn ich schon dermaßen mit der Nase drauf gestoßen wurde?

Aber ich war ebenso felsenfest davon überzeugt die richtige Ansicht zu vertreten, dass ich ohne besonderen Anreiz keinen Grund sah, sie nochmals zu hinterfragen! Ich musste vor allem darüber nachdenken, wo bei mir die Grenze zwischen Beharrlichkeit und Sturheit lag.

Jedenfalls zeigten sie mir jetzt die kalte Schulter. Ich war den ganzen Tag lang durch ‚meine' Landschaft gewandert und hatte mich an ihrem Anblick erfreut, ohne zu bemerken, dass sie im Grunde eigentlich vollkommen leblos war.

Es gab keine Tiere, egal ob Hasen oder Mäuse. Keine Vögel, ja nicht einmal Insekten! Ich verstand schön langsam, warum mein Prüfer sie völlig anders gestaltet hätte! Ein wenig bedrückt ging ich in Gedanken zu meinem ‚Haus' zurück.

Als ich das leere Buch auf dem Beistelltischchen liegen sah, fiel mir ganz unversehens eine Szene aus dem Film Fahrenheit 451 ein: Wie der von Oskar Werner verkörperte Feuerwehrmann Guy Montag gemeinsam mit einer Gruppe Gleichgesinnter in einem Waldstück Buchtexte auswendig lernt, um sie der Nachwelt zu erhalten.

Ich dachte kurz darüber nach, wieviel ich von meinen Lieblingsbüchern auswendig aufsagen konnte: Nichts. Nicht eine Zeile. Nein, doch eine Zeile. Oder genauer ein kleines Gedicht, welches quasi als Motto eines Buches an dessen Beginn gestellt worden war. Und zwar aus dem Buch von Richard Mason ‚… denn der Wind kann nicht lesen:

Wenn auch die Worte geschrieben sind:

„Nicht pflückt die Blüten! Sie sind lebend Wesen!"
Die Zeichen vermögen nichts gegen den Wind,
denn der Wind kann nicht lesen.

Ich verwendete anstatt Blüten zwar immer Blumen und statt Zeichen Worte, aber der Sinn blieb derselbe. Nichtsdestotrotz, das waren die einzigen Zeilen aus einem Buch, das ich einigermaßen auswendig konnte! Genau genommen eine traurige Angelegenheit. Wenn ich daran dachte, was Andere oft für ganze Passagen auswendig herunterleierten, wurde ich gleich ganz demütig.

Und ich wollte ein ganzes Buch füllen! Oder wenigstens einige Seiten. Ich beschloss, mich nicht mehr damit zu quälen und entfernte das Buch vom Tisch. Der sah daraufhin reichlich leer und überflüssig aus. Ich ließ ihn aber dennoch stehen und sei es nur, dass er mich an meine Unbedarftheit und Blauäugigkeit mahnte.

Stattdessen wollte ich meine Umgebung lebendiger gestalten. Zuerst dachte ich mir ein paar Insekten dazu: Ameisen, Bienen, Fliegen, Käfer. Was mir ebenso in den Sinn kam. Dann Vögel. Ein freundliches Gezwitscher machte eine Welt gleich viel heimeliger. Also Spatzen, Meisen, Amseln und Finken. Und noch einige andere, deren Namen ich zwar kannte, von deren Aussehen ich jedoch nicht die geringste Ahnung hatte.

Schon wieder so eine Unzulänglichkeit! Langsam fragte ich mich, womit ich eigentlich mein Leben zugebracht hatte. Und ich produzierte mich hier wie der allwissendste Weltenbürger! Es war eine Schande!

Bei dieser Gelegenheit fiel mir ein, dass in der zwölften – oder war es die dreizehnte? – Stufe die Rede davon war, dass mein ‚neuer' Prüfer nur für die nächsten dreizehn Stufen für mich ‚zuständig' war. Hatte ich ihn mit meiner Sturheit jetzt dermaßen verärgert, dass er sein Amt freudig einem anderen überließ? Ich musste es darauf ankommen lassen, ich hatte praktisch keine Möglichkeit mich anständig aus der Affäre zu ziehen.

Die 28. Stufe – Zuversicht

Andererseits hatte ich es doch zu etwas gebracht. Oder etwa nicht? War mir das Meiste nur durch Zufall in den Schoß gefallen? Was daran war meinem eigenen Zutun zuzuschreiben? Wenig.

Nehmen wir nur einmal diese Umgebung. Ich hatte mir so etwas wie ein kleines Paradies vorgestellt. Aber sah SO das Paradies aus? Leblos bis auf ein paar hilflose Versuche es mit Leben zu erfüllen.

Sicherlich, jeder hatte ganz eigene Vorstellungen von dem, was man so gemeinhin eben Paradies oder wie auch immer nannte. Aber das von mir hier geschaffene war schlicht und einfach erbärmlich!

Und überhaupt: War das Paradies ein realer Ort? Oder war es vielmehr eine geistige Einstellung? Wenn man die religiösen Grundgedanken zum Garten Eden hernahm, dann steht dort lediglich, dass die Menschen, weil sie von der verbotenen Frucht der Erkenntnis gegessen hatten, von dort vertrieben worden waren.

Aber wie es dort aussah oder wo es sich befand, stand nirgends in der Bibel oder wo auch immer geschrieben. Allerhöchstens gab es ein paar sehr verschwommene Andeutungen, die sich jedoch auf keine Äußerlichkeiten bezogen, sondern ebenfalls nur auf geistige, oder höchstens körperliche, Belange erstreckten.

Wie auch immer. So wie ich es hier gestaltet hatte, sah es unter keinen Umständen aus. Wie schon früher gesagt: Es wäre ein erbärmlicher Gott, wenn er nichts Besseres zustande gebracht hätte!

Ich war nun seit wenigstens zwei Tagen – sofern es hier so etwas wie Tage überhaupt gab! – allein in meinem ein wenig trostlosen Refugium. War das Teil meiner Prüfung? Oder war es nur eine Ruhepause? War sie mir aufgezwungen oder war sie mir gegönnt?

Sollte ich in mich gehen oder sollte ich versuchen, etwas an meiner Umgebung zu verbessern? Im Prinzip hatte ich keine Ahnung, was von mir da verlangt wurde!

Trotzdem war ich zuversichtlich, im Großen und Ganzen bisher nichts grundsätzlich Falsche getan oder gesagt zu haben. Die verschiedenen und vor allem physiologisch unterschiedlichen Gestalten, in denen sie sich mir gegenüber offenbarten, schienen mir etwas durchwegs Positives zu vermitteln.

Und so war ich schließlich guter Dinge und dachte, wenn es soweit ist, werden sie sich mir schon wieder zeigen. Also nahm ich mir vor, meinen Spaziergang wieder aufzunehmen. Zuletzt war ich um den See gewandert, diesmal würde ich einen der umliegenden Hügel erklimmen um zu sehen was dahinter lag.

Ich schritt sogleich forsch voran und steuerte auf einen im Osten des Sees gelegenen Hügel zu. Diesmal begleitete mich der Gesang einiger Vögel und das Gesumme von fleißigen Bienen. Schließlich begann ich mich wieder etwas freier zu fühlen und begann sogar vor mich hin zu pfeifen und sogar zu summen.

Singen getraute ich mich nicht. Zwar hatte ich in meiner frühen Jugend oft und gerne gesungen, im Laufe der Zeit jedoch war meine Singstimme offenbar etwas eingerostet und ich konnte mir selbst kaum zuhören. Und obwohl ich, wenigstens theoretisch, alleine war, wäre mir mein Gesang eher peinlich erschienen.

Als ich den Höhenrücken schließlich erreicht hatte und ins dahinter liegende Tal blickte, erschrak ich zu Tode! Dahinter war nichts! Die Welt – meine Welt! – endete genau auf diesem Bergkamm! Krampfhaft versuchte ich, irgendetwas dorthin zu setzen: Bäume, Felsen, Himmel, irgendetwas. Aber alles was ich versuchte fruchtete nichts!

Ich setzte mich auf das letzte Stückchen Gras, legte meinen Kopf in meine geöffneten Handflächen und ließ den Tränen ihren freien Lauf ...

Die 29. Stufe – Zweifel

Ich weiß nicht, wie lange ich so dagesessen hatte. Irgendwann waren die Tränen versiegt und ich war vermutlich eingeschlafen. Als ich wieder zu mir kam, Erwachen schien mir nicht der richtige Begriff dafür zu sein, dachte ich zunächst an eine Sinnestäuschung. Denn irgendwie schien das konturlose Weißgrau, das sich vor mir ausbreitete, zu wabern. Nachdem ich aber ein paar Mal geblinzelt hatte, wurde es wieder einheitlich leer.

Es waren nur die salzigen Reste meiner Tränen, welche dieses Trugbild erzeugt hatten. Ich kam mir so einsam und verlassen vor, wie nie zuvor in meinem Leben. Ich wollte noch nicht einmal mehr zu meinem Haus zurückkehren. Ich wollte sterben.

Ha! Wie sinnig! Konnte man in dieser Welt überhaupt nochmals sterben? Beziehungsweise, welche Art von Übergang in eine nächste Welt gab es hier? Gab es eine nächste Welt? Was gab es hier überhaupt?

Was, wenn ich ganz einfach für alle Zeit meines restlichen Daseins hier gefangen war? Das schien mir eine durchaus zutreffende Umgebung für eine postulierte Hölle zu sein: Ewige Einsamkeit! Es bedurfte gar keiner in siedendem Öl gebratenen oder durch Höllenfeuer gerösteter Schmerzen. Es bedurfte keiner weiteren Zutat als schlichte und ewige Einsamkeit!

Sofort wollten meine Tränen wieder zu fließen beginnen. Aber so ging das nicht! Hatte ich nicht großartig davon gefaselt, dass es immer einen alternativen Weg gab? War ich nicht der ungebrochenen Meinung, dass man nur aufmerksam genug seine Situation beurteilen musste, um einen Ausweg aus jede noch so verfahrenen Situation zu finden?

Sofort begann ich mit einer Analyse meiner ungeliebten Situation. Was wusste ich über diese Situation? Wie war ich in sie hineingeraten? War mein letzter Auftritt daran schuld, oder war er nur das Tüpfelchen auf dem I? War er nur der Tropfen, der das Fass zum Überlaufen gebracht hatte?

War ich noch ‚im Rennen' und musste ich nur diese unglückliche Phase überbrücken? Oder war ich um einige Stufen zurückgefallen? Wenn ich jetzt schon damit begann ‚ich hab sowieso bisher alles nach bestem Wissen und Gewissen richtig gemacht!', dann konnte ich mir gleich selbst die Antwort darauf geben: Sei nicht so überheblich und selbstgefällig!

Gab es eine Möglichkeit, meine oder meinen Prüfer zu rufen? Wenn ja, dann aber nur als allerletzte Möglichkeit, bevor ich doch noch in Depression verfalle. Nein, so leicht würde ich nicht die Segel streichen! Aufgestanden und nach vorne geschaut!

Erstens: Welche Möglichkeiten hatte ich zur Verfügung?

Zweitens: Was wusste ich mit hundertprozentiger Sicherheit?

Drittens: Unter welchen Voraussetzungen hatten sich meine Prüfer mir zu erkennen gegeben?

Zu Erstens: Einmal probieren, ob meine gewünschten Änderungen in der alten Umgebung noch möglich waren. Versuchsweise ließ ich hoch über mir einen Habicht kreisen. Und er flog. Wunderbar.

Zu Zweitens: Ich hatte mindestens fünfundzwanzig Stufen erfolgreich hinter mich gebracht. Weiter zurück war ich also wahrscheinlich nicht zurück gefallen. Mit allergrößter Wahrscheinlichkeit wussten meine Prüfer über jeden meiner Gedanken Bescheid. Daher sicherlich auch über die drei Tage, in denen sie mich alleine gelassen hatten.

Worüber hatte ich mir in dieser Zeit Gedanken gemacht? Über meine sehr einseitige Bildung. Über das Paradies und über meine Unzulänglichkeit. Wenn ich meine Gedanken zu diesen Themata zu denen der ersten zwanzig Stufen in Bezug setzte, so schien es mir, dass ich im Grunde nicht nur auf die Fragen meiner Prüfer geantwortet hatte, sondern mir gewissermaßen deren Fragen selbst gestellt und irgendwie auch beantwortet hatte.

Ohne besonders eitel zu sein, möchte ich doch meinen, dass ich mich in ihrer Gegenwart in der gleichen Weise verhalten hätte! Hatte ich mehr oder weniger per Zufall die nächsten Stufen selbst gewählt und bearbeitet? Falls das zutraf, benötigte ich lediglich noch eine Bestätigung darüber. Nicht darüber ob ich sie bestanden hätte, sondern nur ob ich richtig lag mit meiner Vermutung.

Und das bringt mich schnurgerade zu Drittens: Sie traten immer dann in Erscheinung, wenn ich gewissermaßen geistig ein neues Kapitel in meinen Begründungen eröffnet hatte! Falls auch das tatsächlich zutraf, dann konnte ich hoffen, dass diese Phase bald vorbei sein würde!

„Wie sagt man so schön? Sie haben den Nagel auf den Kopf getroffen!"

Mir fiel ein ganzes Gebirge vom Herzen!

Die 30. Stufe – Umgebung

„Darf ich sie fragen, ob ich damit tatsächlich einige Stufen bewältigt habe?"

„Natürlich dürfen sie. Wir lassen Probanden nie im Unklaren über ihre Leistung. Wenn sie es so genau nehmen, dann darf ich ihnen sagen, dass sie vor der dreißigsten Stufe stehen."

„Wow!"

„Noch ist nicht aller Tage Abend! Keine voreiligen Feiern abhalten!"

„Ja, ja. Ich bin ja schon wieder ganz brav bei der Stange."

„Dann hätte ich eine Frage: Sie haben ihre selbst gewählte Umgebung als erbärmlich bezeichnet. Würden sie sich in einer vorgegebenen wohler fühlen?"

„Das hängt sicherlich von der Art der Umgebung ab. Aber ich gehe davon aus, dass ich, so ich denn hier bleiben darf, sowieso früher oder später mit dieser Umgebung konfrontiert werde. Warum also nicht gleich?"

Möglicherweise war das doch etwas zu fürwitzig. Denn augenblicklich befand ich mich in der wohl wirklich skurrilsten Umgebung, die man sich nur vorzustellen vermochte. Es gab keine festen Bezugspunkte. Alles schien nur für einige Augenblicke stabil zu sein. Egal ob Farben, Töne oder Flächen, wozu und wofür sie auch immer gedacht waren, sie wechselten ständig ihre Beschaffenheit.

Mit den Tönen war das noch irgendwie verständlich, denn wenn man sie unvoreingenommen auf sich einwirken ließ, so ergaben sie durchaus so etwas wie Musik. Mit den Farben war es schon schwieriger. Es war nicht so, dass sie grundsätzlich psychedelisch wirkten, aber irgendwie doch wieder schon. Wenn man sie nicht fixierte, dann unterblieb dieser stroboskopartige Effekt und es entstand eher so etwas wie ein Kaleidoskopbild. Vielleicht gewöhnungsbedürftig, aber nicht wirklich störend.

Viel schwieriger war der Umgang mit den ‚Gegenständen'. Ich habe keine Ahnung, ob ich diese Dinge überhaupt so bezeichnen sollte, denn was immer ich auch gerade zu erkennen glaubte, im nächsten Moment war alles ganz anders. Gerade dachte ich, ich sehe einen Baum, als er sich auch schon in einen sich im Raum drehenden sechsstrahligen Stern verwandelte. Nur um in der nächsten Sekunde als fliegender Hirsch zu erscheinen.

Am ehesten erinnerten mich diese Figuren an sehr kompilzierte und aufwendige Bildschirmschoner. Und vielleicht war es ja auch genau das: Ein Hintergrundbild, das den ‚unbenutzten' Raum nur etwas ‚belebte'! Aber eben nicht zwei- oder dreidimensional, sondern auf einer höheren ‚Ebene'!

„Sie haben völlig Recht, genau das ist es!"

„Wenn das also nur ein etwas aufwendigerer ‚Raumschoner' ist, wie sieht dann der dahinter liegende Raum aus?"

„Eben leer, Unbenutzt. Inhaltslos."

„Und wer füllt ihn dann. Und womit?"

„Sie, zum Beispiel. Mit Ideen, Aufgaben, Fragen, und so weiter."

„Wie füllt man einen Raum mit Aufgaben oder Fragen? Oder erst mit Ideen!?"

„Wie haben sie ihr ‚Paradies' gefüllt?"

„Ich hatte eben eine ungefähre Vorstellung, wie mein Paradies in etwa aussehen könnte."

„Sie werden also genauso eine ungefähre Vorstellung von der Frage haben, für welche sie eine Antwort suchen. Probieren sie's einfach einmal aus!"

„So wie beim Paradies?"

„Genauso."

Ich überlegte mir, welche Frage mich am brennendsten interessierte. Es war die Frage nach meinem Abschneiden bei dieser Prüfung. Also dachte ich nach, wie man eine derartige Frage am besten formulierte. Nach kurzer Überlegung nahm ich die Zahl Neununddreißig zusammen mit einem Fragezeichen und projizierte es in den Raum hinter dem ‚Raumschoner'. Jedenfalls dachte ich es mir so.

Und tatsächlich, der Raumschoner verschwand und an seiner statt war in einem kleinen Bereich ‚39?' zu erkennen. Der restliche Raum war, nun ja, eben leer.

„Was geschieht jetzt mit dieser Frage?"

„Sie bleibt solange dort stehen, bis eine Antwort vorliegt."

„Wer beantwortet sie?"

„Je nachdem. Wenn jemand anderes genügend Interesse dafür hat, dann vielleicht er, ansonsten wartet sie bis sie selbst die Antwort gefunden haben."

„Darf ich sie etwas fragen?"

„Immer."

„Warum eigentlich neununddreißig und nicht siebenund-dreißig oder einundvierzig?"

„Das war ihre eigene Idee. Das müssen sie sich also schon selbst fragen!"

„MEINE Idee? Ich hab' doch gar nicht gewusst, was mich hier erwartet. Wie hätte ich also diese Anzahl festlegen können?"

„Oh, das haben sie schon sehr viel früher getan."

„Und ich habe nie wieder etwas daran verändert?"

„Ganz recht."

„Kaum zu glauben! Kann ich es eigentlich auch jetzt noch verändern?"

„Unter bestimmten Umständen, aber ich glaube nicht, dass es dazu kommen wird."

Urplötzlich stand ein weiterer Prüfer neben uns.

„Wenn ich dazu eine Bemerkung machen darf: Wir könnten uns eventuell mit ihm einigen, damit wäre die Angelegenheit dann erledigt!"

Mein Prüfer hatte offenbar Bedenken, denn er schüttelte den Kopf und meinte:

„Ich finde es noch etwas zu früh für dieses Gespräch. Ich würde gerne noch zwei oder drei Runden damit zuwarten."

„Dann also nach der Dreiunddreißigsten."

Und weg war er wieder.

„Wer war denn das?"

Wollte ich selbstverständlich sofort wissen.

„Und von welchem Gespräch ist hier die Rede?"

„Lassen wir das vorläufig. Sie werden es noch früh genug erfahren."

Damit ließ er mich wieder einmal im Ungewissen stehen.

Wann in meinem früheren Leben hatte ich mich auf ausgerechnet neununddreißig Stufen festgelegt? Von denen ich außerdem noch gar nichts wissen konnte? Ich war geradezu erschrocken über diese unvorhersehbare Entwicklung. Und ändern sollte ich sie gegebenenfalls auch noch können!?

Im Grunde war ich mehr schockiert als erschrocken. Ich beschloss also, anstatt darüber nachzusinnen, lieber eine Runde zu schlafen.

Die 31. Stufe – Kriterien

„Wann habe ich diese neununddreißig eigentlich festgelegt? Dürfen sie mir das sagen?"

Mein Prüfer war nun ständig in meiner Nähe. So als hätte er Sorge, dass ich während seiner Abwesenheit eine Dummheit begehen könnte.

„Ich dürfte und könnte es ihnen sagen. Aber sie hätten nicht viel davon, weil sie es nicht richtig interpretieren würden!"

„Lassen sie es auf einen Versuch ankommen."

„Na gut. Sie erinnern sich, worüber wir uns während der ersten dreißig Stufen unterhalten haben?"

„So einigermaßen."

„Das waren im Prinzip alles Fragen, welche sie selbst festgelegt hatten. Natürlich nicht bewusst. Aber im Laufe ihrer geistigen Auseinandersetzung mit dem Sinn des Lebens und dem Leben an sich."

„Das heißt, sie wussten jeweils schon im Voraus, was ich im Einzelnen antworten würde?"

„Natürlich. Lediglich mit dem Rätsel haben sie mich überrascht."

„Sie sind also doch nicht allwissend!"

„Oh, Gott! Nein, natürlich nicht. Für welche Art Überwesen halten sie uns denn eigentlich?"

„Das wissen sie doch ganz genau."

„Selbstverständlich. Aber ich möchte, dass sie sich ebenfalls darüber klar werden."

Mir worüber klar werden? Dass ich ebenfalls keine Art Überwesen bin? Oder darüber, wie und wann ich all diese Fragen und Stufen mehr oder weniger bewusst festgelegt hatte?

„Bin ich das etwa nicht?"

„Keineswegs. Sie sagen es mir ganz einfach deshalb nicht, weil sie eben völlig unsicher sind, ob sie es tatsächlich so meinen."

„Ich begreife nicht, wieso es überhaupt erforderlich ist, dass wir hier noch miteinander reden!?"

Ich hatte den Eindruck, dass ich überhaupt nicht mehr wusste, worum es hier eigentlich ging.

„Ganz einfach: Damit sie herausfinden, was sie tatsächlich zu all diesen Themen denken. Sie müssen sich ihrer Sache hundertprozentig sicher sein, um die nächste Stufe zu erlangen."

„DAS ist die ganze Prüfung? Meine eigene Überzeugung zu festigen?"

„Jetzt haben sie es erfasst."

„Und wieso sind dann noch so viele Stufen zu bewältigen? Und wieso wäre es möglich das ganze abzukürzen, wenn ich mich mit dem Wesen von vorhin ,einigen' könnte?"

„Nun. Nachdem ihre bisherigen Aussagen und Meinungen immer völlig mit den von ihnen postulierten Ideen übereinstimmten, könnte man unter bestimmten Voraussetzungen davon ausgehen, dass dies bei den derzeit noch ausstehenden Fragen ebenso ist."

„Und worin bestünde dann die Einigung mit diesem Geschöpf?"

„Darin, dass sie damit einverstanden wären, sich ihm anzuschließen."

„Was bedeutet ,anschließen' in diesem Zusammenhang?"

„Na, eben eines seiner Individuen zu werden! Ist das nicht klar?"

„Ich habe es zwar vermutet, aber ich wollte es nicht wahrhaben!"

Das war nicht ganz korrekt, ich hatte es nämlich die längste Zeit so gedacht, ohne es konsequent zu durchdenken. Also fügte ich noch hinzu:

„Aber sagten sie nicht, dass dieser Zusammenschluss auf freiwilliger Basis stattfindet?"

„Deshalb das Gespräch!"

„Und ich hatte Bedenken wegen dieser Prüfungen! Ob ich sie überhaupt bestehen würde! Was geschieht eigentlich, wenn ich versagen würde? Käme ich dann in eine andere ... was eigentlich? Region? Abteilung? Oder müsste ich irgendetwas wiederholen?"

„Nun mal langsam mit den jungen Pferden! Hier findet jeder seinen ihm zustehenden Platz. Natürlich gibt es unterschiedliche Ausprägungen der diversen geistigen Verfassungen. Aber prinzipiell ist uns jeder willkommen."

„Gibt es denn überhaupt so etwas wie eine generelle Ablehnung einer Person?"

„Nein. Sie würden nicht glauben, welche Wandlung mancher während seiner Prüfung durchmacht! Und sie ist in jedem Fall zu seinem Vorteil!"

„Ich glaube, ich möchte meine Prüfungen bis zum Ende durchstehen. Ich lege keinen Wert auf eine ‚Abkürzung'. Auch wenn sich dann diese Personengruppe, − ist diese Bezeichnung eigentlich okay? − die sich für mich offensichtlich interessiert, dann kein Interesse mehr bekundet. Wieviel Mitspracherecht habe ich denn überhaupt bei dieser Zusammenführung?"

„Also Gruppe ginge ja eventuell noch, aber wir ziehen im Allgemeinen die Bezeichnung Synthesium vor. Und ohne ihr Mitspracherecht wäre erst gar kein Gespräch erforderlich."

„Dann bin ich ja beruhigt. Vorerst."

„Sie hegten die Befürchtung eines Versagens?"

„Ein wenig. Meine ursprüngliche Frage zielte hingegen auf notorische Bösewichte. Was geschieht mit jenen?"

„Wie gesagt: Man würde nicht glauben zu welchen Einsichten selbst die verdorbensten Gemüter kommen. Mir ist jedenfalls kein Fall bekannt, bei dem jemand gänzlich abgelehnt wurde und derjenige in kein Synthesium aufgenommen worden wäre."

„Nach welchen Kriterien wird man für ein bestimmtes Synthesium von Interesse? Oder welche Möglichkeiten gibt es für mich, ein mir genehmes auszusuchen?"

„Das lässt sich nicht so einfach beantworten. Es gibt sehr viele und sehr unterschiedliche Kriterien. Außerdem hat jedes Kriterium noch eine Unzahl von Wertigkeiten. Zu jeder dieser unzähligen Varietäten gibt es gewöhnlich ein Synthesium das genau diese Kriterien widerspiegelt. Wenn nun zu einer Person eine sehr hohe Affinität besteht, dann wird diese Person von dem entsprechenden Synthesium umworben."

„Heißt das, dass das Synthesium welches uns angesprochen hat, bei mir solch eine Affinität festgestellt hat, dass es mit seiner Werbung noch vor Ende der Prüfung zu punkten versucht?"

„Genau das ist passiert."

„Dann bin ich jetzt schon neugierig, wie es am Ende meiner Prüfung zu mir steht!"

Die 32. Stufe – Engel und Teufel

„Halten sie die Existenz einer Region, welche mit unserer gar nichts gemeinsam hat, für erforderlich? Anders gefragt: Glauben sie an die Hölle?"

Die Gestalt die er für diese Frage gewählt hatte, ähnelte der gemeinhin üblichen irdischen Darstellung eines Teufels in frappanter Weise. Genauer gesagt eigentlich eher dem griechischen Gott Pan. Immerhin eine nicht so schlechte Wahl, wenn man bedachte, dass ich nicht so leicht aus der Fassung gerate.

„Prinzipiell bin ich mir nicht wirklich sicher. Es ist nur so, dass ich an ein duales Prinzip glaube. Das heißt: Zu jedem Aspekt gibt es einen dazu diametral entgegengesetzten Aspekt. Etwas – Nichts, Gut – Böse, et cetera. Sinngemäß müsste es also zu einer Bejahenden Gesellschaft eben eine Verneinende Gesellschaft geben. Andererseits glaube ich, dass nichts so schlecht ist, dass es nicht auch etwas Gutes hätte! Selbst wenn es zwei in diesem Sinne existierende Gesellschaften gäbe, dann müssten sie nicht an unterschiedlichen Orten angesiedelt sein. Sie könnten ebenso gut nebeneinander am selben Ort existieren und nur durch ihre unterschiedlichen Aspekte getrennt sein!"

„Also keine Hölle?"

„Nein. Nur eine Gesellschaft, welche sich noch nicht gut an die übrigen Gesellschaften angeglichen hat."

„Eine bemerkenswerte Erkenntnis." Sein Äußeres wandelte sich wieder zu einer seiner üblichen Darstellungen. „Gibt es demzufolge also auch kein Paradies?"

„Doch, als Idealvorstellung. Und zwar in dem Sinne, dass jene Gesellschaft mit den ausgeglichendsten Aspekten diesem Idealbild am nächsten kommt. Ebenso wie man die gegenteilige Gesellschaft eventuell als Idealvorstellung einer Hölle sehen könnte! Also etwa vollkommen versus unvollkommen."

„Also doch eine Hölle, wenngleich auch nicht in der herkömmlichen Art. Wie steht es dann aber mit deren ‚Urein-wohnern': Engel und Teufel?"

„Sie meinen gewissermaßen die ‚Ursynthesien'?"

„So in etwa."

„Würde Sinn machen. Ja, doch!"

„Was stellen dann aber all die Zwischenstufen dar?"

„Die Gesamtheit der Unvollkommenen in ihren diversen Stadien der Erkenntnis des Vollkommenen."

„Das nenne ich einmal eine Subsummierung! Haben sie noch mehr von diesen Generalisierungen auf Lager?"

„Wollen sie mich frozzeln? Sie wissen besser als ich, dass ich immer nach den treffendsten Gemeinsamkeiten suche."

„Na ja, ein wenig Heiterkeit muss auch sein. Sie sind doch kein Kind von Traurigkeit. Also seien sie nicht gleich einge-schnappt."

„Ich bin nicht eingeschnappt. Aber üblicherweise waren die meisten Menschen der Meinung, dass ich viel zu viel verall-gemeinere. Vor allem dort wo es ihrer Meinung nach nicht angebracht war!"

„Okay, okay. Also, sie meinen dass es in den Zwischenstufen der beiden Extreme weder Engel noch Teufel gibt?"

„Das weiß ich nicht. Ich vermute jedoch, dass das sehr wohl der Fall ist. Dass sich also sowohl ein Teufel ‚verbessern' kann, wie auch ein Engel sich ‚verschlechtern' kann. Damit würden sie in einer der Zwischenstufen landen."

„Wer bestimmt, wohin welches Wesen kommt?"

„Ich denke, genauso wie bei mir."

„Wenn es also sowohl Engel, wie auch Teufel, darüber hinaus auch noch Hölle und Paradies gibt: Was stört sie dann noch an der Religion?"

„An der Religion gar nichts. Nur an ihren Auswüchsen. Nehmen sie nur einmal die Gesetze. Die zehn Gebote Moses' hätten vollauf gereicht. Was dagegen machen die Menschen aus diesen Geboten? Sie schaffen es nicht Hundert oder Tausend Gesetze daraus zu machen, nein, sie schaffen daraus eine Million Gesetze oder mehr. Und? Sind sie besser? Genauer? Keineswegs!

Sie verschleiern nur die wirklich wichtigen Regeln, sodass nun jeder X-beliebige alles daraus ableiten kann, was ihm gerade so in den Kram passt!"

„Also ist Religion per se gut!?"

„Solange sie nicht von Machtgierigen korrumpiert wird: Ja."

„Glauben sie alles was ihnen die Religion erzählt?"

„Solange es keine kindischen Vergleiche beinhaltet: Die Grundzüge."

„Ein Gott? Mehrere Götter?"

„Ein Gott. Aber vielleicht in der Art wie ihre Synthesien."

„Elegant aus der Affäre gezogen. Nun gut. Möchten sie nun mit diesem Synthesium sprechen, das sie so zu bevorzugen scheint?"

„Nur informativ. Ich möchte sehen worauf das hinaus läuft. Ich möchte mich keinesfalls schon jetzt entscheiden müssen. Das wird sicherlich noch schwierig genug werden."

Das angesprochene Synthesium war augenblicklich zugegen.

Scheinbar um mich wohlgesinnt zu stimmen, erschien es als eine wunderschöne Frau im besten Alter. Das war jedoch insofern schlecht gewählt, weil ich, wenn überhaupt dann eine ganz bestimmte Frau gewählt hätte. Was jedoch auch nicht klug gewesen wäre, da sie es ja nicht real gewesen wäre.

Sofort wechselte das Aussehen dieser Person in einen neutralen Mann. „Es tut uns leid. Wir haben sie offenbar doch ein wenig falsch eingeschätzt. Wir hoffen jedoch immer noch, dass unsere übrigen Einschätzungen besser sind und wir ihnen die Synthese mit uns als für sie vorteilhaft näher bringen können."

„Ich will ihnen diesen Lapsus gerne durchgehen lassen. Schließlich sind sie noch ein wenig euphorisch, da ich offensichtlich viele ihrer Vorstellungen in ausreichendem Maße teile."

„Sie tun dies weitaus mehr als sie sich vorzustellen vermögen. Dennoch wollen wir nicht vorgreifen und ihnen anhand eines Beispiels zeigen, warum eine Synthese mit uns für beide Seiten vorteilhaft wäre."

Eine bunte Mischung aus sieben oder acht Individuen war dabei ein außer Kontrolle geratenes Objekt einzufangen. Offensichtlich war ihnen das jedoch bisher nicht gelungen. Wozu es gebraucht wurde und warum es sich selbständig gemacht hatte, war nicht zu erkennen.

Warum es ihnen nicht gelang seiner habhaft zu werden, war ebenso leicht zu erkennen, wie auch seine gekonnten Ausweichmanöver. Dieses widerspenstige Objekt oszillierte in unregelmäßigen Abständen von einigen Nanosekunden zwischen zehn oder mehr Punkten zufällig hin und her.

Ob es dies mit Absicht oder aus Unwissenheit tat, konnte ich ebenfalls nicht erkennen. Jedoch fiel mir sofort auf, dass sowohl die zeitlichen wie auch die örtlichen Abfolgen einem Muster folgten. Nämlich einer Folge von alternierenden Fibonaccizahlen. Nachdem das sofort geprüft und für richtig befunden wurde, war es leicht eine Strategie für das Abfangen zu planen.

Sobald das auch tatsächlich gelungen war, meldete sich ‚mein' Synthesium wieder zu Wort. „Sehen sie? Wo wir im Dunkeln tappten, hatten sie fast augenblicklich die richtige und auch zielführende Vermutung!"

„Ach, das war bloß ein Glückstreffer, nichts weiter," versuchte ich sogleich abzuschwächen. Erntete jedoch nur ein wissendes Lächeln. Na ja, vielleicht war ja doch mehr dahinter? Wer kann das schon wissen?

„Ich hoffe sie behalten uns in guter Erinnerung und könnten sich dazu entschließen eine gemeinsame Zukunft nochmals wohlwollend zu prüfen!"

Ganz klar war mir zwar nicht, was ich bei dieser Zusammenarbeit selbst gewinnen konnte, aber ich wollte sie gewiss wohlwollend prüfen.

Die 33. Stufe – Ehrlichkeit

„Halten sie es für möglich, beziehungsweise für sinnvoll, dass sie sich für dieses Synthesium entscheiden?"

„Ich habe mich doch noch gar nicht entschieden!"

„Aber sie liebäugeln damit!"

„Schon. Aber vielleicht liegt es auch daran, dass ich noch kein anderes kennen gelernt habe?"

„Vielleicht. Wie halten sie es eigentlich mit der Ehrlichkeit?"

„Ich vermeide so gut es geht absichtliche Unwahrheiten."

„Keine Notlügen? Keine ungenauen Darstellungen? Kein Verschweigen von Unangenehmen?"

„Das lässt sich manchmal nicht verhindern. Teilweise sogar deshalb, weil man es selbst nicht so genau weiß."

Ich weiß nicht, wie ich gerade jetzt darauf kam, aber irgendwie hatte ich das Gefühl etwas erklären zu müssen, das mir seit vielen Jahren auf der Seele brannte. Es gab Dinge, die absolut höher zu bewerten waren, als die nackte Ehrlichkeit.

Ich hatte meiner Frau – sie war lange vor mir diesen Weg gegangen, den ich nun ebenfalls ging – versprochen auf keinen Fall, wem auch immer gegenüber, diese Sache zu erwähnen. Ich hatte das während unseres ganzen restlichen Lebens und auch danach immer befolgt.

Ich war auch jetzt nicht bereit, darüber zu sprechen, aber ich musste – besonders jetzt und hier! – meine Ehrlichkeit beweisen. Auch und vor allem mir selbst gegenüber. Es war eine Sache, wenn jemand meine Gedanken las, was ich praktisch nicht verhindern konnte, aber es war eine gänzlich andere Angelegenheit einen Schwur zu brechen. Egal wie nebensächlich die Situation anderen auch erscheinen mochte.

„Sie wissen genau so gut wie ich, dass Verschweigen nicht unbedingt mit unangenehmen Zugeständnissen zu tun haben muss. Was sie jedoch unterschwellig unterstellt haben!"

„Und wie steht es mit Notlügen?"

„Wenn ich damit jemandem helfen kann, ohne dass ein Dritter dadurch einen Nachteil erleidet, dann finde ich es durchaus angebracht eine kleine, und für das Ganze unbedeutende, Notlüge anzuwenden!"

„Wie steht es mit Schmeicheleien? Mit überzogenen Komplimenten?"

„Im Grunde fallen sie in die gleiche Kategorie wie Notlügen. Nehmen wir einmal an, ich mache einer älteren Dame ein Kompliment bezüglich ihres Alters. Sie fühlt sich geschmeichelt, denkt, dass sie gepflegt aussieht, und findet den ganzen restlichen Tag toll. Das ist nicht nur keine Verfehlung, es ist ganz im Gegenteil eine sehr nützliche Geschichte. Nicht nur für den mit dem Kompliment bedachten, sondern auch für seine gesamte Umgebung. Das freundliche Lächeln der geschmeichelten Person wirkt auf andere ansteckend. Die derart angesteckten verbreiten ihrerseits weitere Fröhlichkeit und so ist vielen Menschen geholfen."

„Aber überzogene Komplimente können durchaus eine gegenteilige Wirkung erzielen!"

„Nur wenn sie unglaubwürdig sind. Solange der Komplimentierte bereit ist, sie für bare Münze zu nehmen, passiert nichts Unangemessenes."

„Schön. Aber zur Ehrlichkeit gehört auch Ehrlichkeit gegen sich selbst."

„Das ist sicherlich ein sehr viel schwierigeres Thema. Aber ich habe auch dabei immer versucht mir nicht selbst etwas vorzumachen."

„Und? Waren sie dabei erfolgreich?"

„Eine gute Frage! Es gibt so viele Möglichkeiten, wie man sich selbst ein Bein stellen kann, dass es oft schwer ist, durchzublicken. Aber ja, ich bin der Meinung, dass es mir in den meisten – und wie ich hoffe, auch in den wichtigsten! – Fällen gelungen ist, mir nicht selbst etwas vorzumachen."

„Aber ‚Schönreden'?"

„Oh! Das ist jetzt aber eine richtige Gretchen-Frage! Selbstverständlich will man immer ‚gut dastehen'! Und so kommt es schon einmal vor, dass man sich selbst ein wenig schmeichelt. Oder zumindest den Teil weg lässt, den man nur gerade eben so umgangen hat!"

„Oder bewusst anders darstellt?"

„Oh, mein Gott! Sie meinen bei Streitgesprächen und so!?"

„Exakt."

„Wie soll man Richtig und Falsch unterscheiden, wenn beide Parteien die Situation gänzlich unterschiedlich in Erinnerung haben? Wenn sie sich womöglich nicht einmal über das Wie und Warum und Wann einigen können?"

„Ja, genau das ist das Problem."

„Also, man versucht sich nach bestem Wissen und Gewissen daran zu erinnern, was nun wann tatsächlich gesagt, gesehen und gehört worden ist. Das Gedächtnis ist dabei das unzuverlässigste Instrument. Aber man hat eben kein anderes. Es stehen einem keine unmissverständlichen Aufnahmen zur Verfügung, die man zu Rate ziehen könnte! Was also kommt dabei heraus? Ein Konglomerat von Halbwahrheiten, welche von beiden Seiten nach Möglichkeit mit unbestreitbaren Tatsachen untermauert werden."

„Das ist eine gute Definition des Ausgangspunktes jeden Streites. Aber warum muss dabei unbedingt gelogen werden?"

„Ich glaube, dass dafür der Begriff ‚Lüge' ein wenig überstrapaziert wird. Ist es nicht vielmehr so, dass aus Gründen der Selbstbehauptung sehr oft nur ältere – meist auch nicht völlig geklärte – Unstimmigkeiten auf das Tapet geholt werden? Zusätzlich werden dann noch Tatsachen mit hinein gezogen, die mit dem eigentlichen Streit zwar überhaupt nichts zu tun haben, die den Streitpartner aber verunsichern und in die Defensive drängen sollen. Was selbstverständlich auch nur zu oft gelingt. Was letzten Endes den Streit nicht nur nicht schlichtet, sondern erst recht im Hintergrund schwelen lässt!"

„Ich stimme ihnen, wenn auch nicht grundsätzlich, so doch im Prinzip insofern zu, dass hier die Begriffe Ehrlich und Unehrlich äußerst schwierig zu trennen sind!"

Die 34. Stufe – Liebe

Mein Prüfer wechselte seine Form in eine gefällige Art von Blüte. Wie bereits gesagt bin ich in Botanik nicht sehr bewandert, aber wenn ich einen Vergleich ziehen müsste, dann würde ich sagen: eine gefüllte Hibiskusblüte. Natürlich nicht nur Handtellergroß, sondern mit vielleicht einem Meter im Durchmesser.

Aber nicht nur das Äußere war verwandelt, auch der Geruch. Ihr Duft war atemberaubend. Wenn ich ,ihr' sage, dann beziehe ich mich auf ,Blüte', wegen dem Geschlecht machte ich mir schon lange keine Gedanken mehr. Nicht nur dass hier das Geschlecht völlig irrelevant war, bei den diversen Rassen dieses Universums gab es wenigstens zehn bis zwölf Ausprägungen, welche man als Fortpflanzungselemente bezeichnen konnte, also im bei uns üblichen Sprachgebrauch eben Geschlechter.

Was mich zur Frage der Beziehungen brachte.

„Es gibt zwischen den Individuen bei uns häufig sehr starke Bindungen. Manche sind so intensiv, dass wir von Beziehungen sprechen, die über den Tod hinaus halten. Stimmt das? Ich meine gibt es Beziehungen, welche hier weiter bestehen?"

„Sie sprechen von Liebe?"

„Ja."

„Warum nennen sie es dann nicht auch so?"

„Ich wollte keine Begriffe verwenden, welche hier eventuell sinnlos oder zumindest irrelevant sind."

„Sie sind ja sonst nicht so zurückhaltend! Warum gerade bei der Liebe? Oder haben sie eventuell Angst davor, hier keine Liebe mehr vorzufinden?"

Das traf mich nun gerade auf dem falschen Fuß.

„Wahrscheinlich."

„Denken sie wirklich ein Synthesium, so wie wir es handhaben, wäre ohne Liebe möglich?"

„Also gibt es die, bei uns so gerne postulierte, Liebe über

den Tod hinaus tatsächlich?"

„Selbstverständlich! Wenngleich wahrscheinlich in gänzlich anderer Form, als sie es sich vorstellen."

„Und in welcher Form dann?"

„Erst einmal nicht so vereinnahmend. Nicht so besitzergreifend. Auch nicht so eifersüchtig und kämpferisch. Sondern vielmehr am Wohlergehen der Partner orientiert!"

„Somit also auch mehrerer Partner. Man ist offenbar dadurch nicht so sehr auf einen bestimmten Partner fixiert. Ist das eine Folge der fehlenden Notwendigkeit zur Fortpflanzung?"

„Oho! Wieso das? Denken sie, hier gibt es so etwas nicht? Meinen sie, eine höher organisierte Gesellschaft ist nicht mehr daran interessiert seine genealogischen Werte weiter zu geben?"

„Aber wie funktioniert das bei, sagen wir wie in ihrem Fall, 2 Millionen und Etliche? Haben dabei alle einzelnen Individuen ein Mitspracherecht?"

„Nein, nein. Ganz so einfach kann man es nicht sehen. Es ist vielmehr so, dass eine ausgewählte Gruppe sich um die Pflege der Gruppenwerte und der Individualwerte kümmert. Sie stellt jene Werte zusammen, deren Weitergabe sinnvoll erscheint. Sie werden dann von einer weiteren Gruppe begutachtet und gegebenenfalls freigegeben. Dabei kommt es sehr selten vor, dass die vorgeschlagenen Werte, oder auch nur einzelne Teile davon, abgelehnt werden. Im Anschluss daran werden die Individuen, welche diese Werte am deutlichsten repräsentieren, bestimmt. Diese Ausgewählten erzeugen dann gemeinsam ein neues Wesen, das die Gesamtheit all ihrer Werte darstellt. Dieses Wesen verbleibt nicht mehr in unserer Gesellschaft, sondern es wird in ein weiteres neues Leben entlassen, zu welchem wir keinen Zugang mehr haben. Genauso wie ihre Welt keinen Zugang zu dieser Welt hat."

„Ihrer Beschreibung entnehme ich, dass bei euch nicht der Tod über den Wechsel in eine neues Leben entscheidet, sondern irgendwie ihr selbst!"

„Das ist richtig."

Die 35. Stufe – Tod

„Heißt das, dass es bei euch gar keinen Tod gibt, oder hat dieser dann ganz andere Auswirkungen, als bei uns?"

„Könnte man so sagen. Selbstverständlich gibt es auch bei uns eine Art Ableben. Jedoch findet das nicht wegen einem Nachlassen von körperlichen oder geistigen Fähigkeiten statt, sondern wenn wir einen gewissen ,Umfang' erreicht haben. Zurzeit liegt dieser bei etwa drei bis dreieinhalb Millionen."

„Und was passiert dann?"

„Wir erzeugen noch einmal so viele neue Individuen wie möglich, indem wir alle unsere Fähigkeiten fokussieren und in ihrer Gesamtheit, also total, weitergeben. Was dann noch von uns übrig bleibt ist nur ein kleiner Rest an Individualität, der von einem anderen Synthesium aufgesogen wird."

„Das heißt, wenn sie ein neues Wesen erzeugen, dann bleibt von den ,Eltern' nichts übrig?"

„So gut wie. Der Rest wird von anderen Individuen des Synthesiums aufgesogen. Das ursprüngliche Individuum ist dann Geschichte."

„Wenn bei uns, also in meinem vorigen Leben, jemand Geschichte wird, dann bleibt zumindest die Erinnerung an ihn. In günstigen Fällen auch einige seiner Werke, nicht nur erhalten, sondern auch gewürdigt. Ist das bei euch ähnlich, oder bleibt nichts?"

„Es ist nicht erforderlich, dass Erinnerungen an bestimmte Individuen oder deren Werte erhalten bleiben. Die Tatsache, dass ihre Werte ins nächste Leben übernommen werden, genügt."

„Tod, wo ist dein Stachel?"

„Na ja. Die Weitergabe der Werte ist zwar ehrenvoll, aber natürlich auch mit Wehmut verbunden. Wir sind gewöhnt, als vielschichtiges Geschöpf zu agieren und diese Vielschichtigkeit wird in unserem nächsten Leben wohl anders aussehen. Und auch wir empfinden wegen dieser Ungewissheit eine Art Trauer."

„Jedenfalls entfällt die Trauer der Hinterbliebenen, welche bei uns sehr oft zu einer Vereinsamung führt. Oder, schlimmer noch, zu einem völligen Zerwürfnis der Erben."

„Das mag ein Vorteil sein."

„Bitte, was davon ist von Vorteil?"

„Dass es kein Zerwürfnis der Erben gibt. Ist das nicht evident? Und dass eine Vereinsamung unmöglich ist. Was dachten sie, wovon wir eigentlich reden?"

„Mir schien die Aussage >Das mag ein Vorteil sein< so absolut zusammenhanglos in Bezug auf den Entfall der Trauer!"

„Ach sie mit ihrem impertinenten Genauigkeitswahn!"

Die 36. Stufe – Prüfung

„Für mich sind, wie sie sagten, neununddreißig Stufen vorgesehen, weil ich mich Zeit meines Lebens mit diversen Themen, neununddreißig eben, zum Leben und zum Tod beschäftigt habe. Ich kannte jedoch genügend Menschen, welche sich nie um derartige Dinge wie ‚Ein Leben nach dem Tod' oder ‚Worin besteht der Sinn des Lebens' auseinander gesetzt haben. In vielen Fällen haben sie diese Fragen überhaupt als sinnlos verworfen. In welcher Weise werden diese Leute hier ‚geprüft'?"

„Eine äußerst komplexe Frage, die eine ebenso komplexe Antwort erfordern würde. Würde, denn ich bin einerseits nicht befugt sie ihnen zu beantworten und andererseits würden sie die Antwort vermutlich nicht als sinnvoll interpretieren!"

„Dann möchte ich gerne einmal raten."

„Das ist ihr gutes Recht."

„Ihre Behauptung, ich hätte mich eben mit dieser Anzahl von Themen beschäftigt, war nur eine ihnen günstig erscheinende Antwort auf meine Frage nach dem Warum. Ist das korrekt?"

„Sie sind ein kluger Kopf."

„Ergo ist die Zahl neununddreißig entweder etwas Grundsätzliches, oder sie soll mir nur vor Augen führen, dass es nicht so einfach ist, in diese elysischen Gefilde zu kommen. Sprich: Ein wenig Anstrengung kann nicht schaden. Trifft das ebenso zu?"

„Ziemlich genau. Wenigstens ein Teil davon."

„Welcher Teil?"

„Ihre Hartnäckigkeit ist bemerkenswert!"

„Also: Welcher Teil?"

„Ein wenig Anstrengung kann nie schaden."

„Daraus folgere ich folgendes: Sie lassen das Gespräch sich entwickeln. Mal sehen wo es hin führt. Und da sie mich ja offensichtlich schon gut kannten, beziehungsweise sie sich ausführlich mit mir beschäftigt hatten, konnten sie recht gut abschätzen, wie sich das alles entwickeln würde. Und die neununddreißig schien ihnen ein plausibler Wert zu sein! Okay?"

„Sie wären kein so übler Prüfer. Ihre Schlussfolgerungen sind schon gut durchdacht. Sie können einen ganz schön in Verlegenheit bringen!"

„Weiter, denke ich, soll das Ganze auch dazu dienen, all ihren vielen Kollegen – wie viele sind es eigentlich? – die Möglichkeit zu geben, meine für sie relevanten Werte einzuschätzen. Richtig?"

„Wozu fragen sie noch, wenn sie die Antwort schon kennen?"

„Das ist wohl wie in einem Kriminalfall: Der Kommissar sollte einem Verdächtigen nie eine Frage stellen, deren Antwort er nicht schon vorher kennt!"

„Bin ich für sie ein Verdächtiger?"

„Um Gottes willen, nein! Ich wollte das lediglich als eine Erklärung verstanden wissen! Wenn das mit der Einschätzung also stimmt, dann ist auch völlig klar, warum sich bereits nach der dreißigsten Runde eines ihrer Synthesien interessiert gezeigt hat! Weil es nämlich offenbar völlig egal ist, ob ich noch weitere Fragen beantworten würde, oder nicht!"

„Möchten sie jetzt aufhören?"

„Jetzt? Wo es gerade interessant zu werden verspricht? Nein!"

„Worin besteht ihr gesteigertes Interesse?"

„Ich habe das Gefühl, ich kann jetzt Dinge in Erfahrung bringen, deren Existenz ich bisher noch nicht einmal vermuten konnte!"

„Und was wäre das?"

„Nun, zum Beispiel: Wieviel Einfluss kann ich auf die Aufnahme in eine ganz bestimmte Synthesie nehmen?"

„Sie können einen Wunsch äußern und wenn dieses Synthesium damit einverstanden ist, wird ihr Wunsch erfüllt."

„Dann möchte ich gleich einmal den Antrag stellen, in ihr eigenes sehr geschätztes Synthesium aufgenommen zu werden."

127

„Woher wollen sie wissen, dass es für sie geeignet ist? Sie wissen doch so gut wie nichts über uns?"

„Doch. Viele ihrer Antworten, oder eigentlich Feststellungen, haben mir das Gefühl vermittelt, dass sie mit mir und meiner Einstellung sehr, wenn nicht sogar äußerst, zufrieden sind. Und wenn sie es sind, dann bin ich es ebenfalls!"

Die 37. Stufe – Interesse

„Für uns stellt sich das aber nicht so dar. Vor allem nicht in der von ihnen angedeuteten Eindeutigkeit. Wir haben da durchaus noch das eine oder andere Bedenken."

„Sie erwägen jedoch eine positive Antwort?"

„Wir werden sehen. Vorläufig sind sie uns jedenfalls noch einige Antworten schuldig. Zum Beispiel auf die von ihnen aufgeworfene Frage nach der Beurteilung derer, welche sich nicht mit den Themen Tod und so weiter auseinander gesetzt haben."

„Ich dachte, das hätte ich bereits beantwortet?"

„Indem sie mir unterstellten, ich handle nach Gutdünken?"

„Das war keine Unterstellung, sondern eine ganz simple Schlussfolgerung aus der Tatsache, dass ihnen für mich die Neununddreißig gerade so günstig erschien!"

„Also doch nach Gutdünken?"

„Falls sie es durchaus so bezeichnen wollen, bitte. Ich meinte und meine jedoch, dass sie aus den Kenntnissen über die zu prüfende Person in der Lage sind, für sie eine plausible Anzahl von Fragenkomplexen fest zu setzen. Für mich ist das nicht Gutdünken, sondern Kalkül!"

„Da bin ich aber noch einmal gut weggekommen."

„Jetzt übertreiben sie aber gewaltig! Ich bekomme doch tatsächlich den Eindruck, dass sie mich veräppeln! Wollen sie mich zum Prüfer über sich selbst stempeln? Nein! Das glaub ich nicht! Sie wollen mich regelrecht aufs Glatteis führen! Na toll!"

„Gefällt ihnen diese Taktik nicht?"

„Oh doch! Ich hatte nur überhaupt nicht damit gerechnet!"

„Trotzdem haben sie sie durchschaut!"

„Na ja. Ich kenne sie eben inzwischen doch schon ein wenig."

„Mir scheint hingegen, sie kennen mich – uns! – schon so gut, dass sie eine Aufnahme für wünschenswert erachten."

„Und? Ist das nicht letztendlich der Sinn dieser Befragungen?"

„Aber sie haben doch noch überhaupt keine Vorstellung davon, wie und wozu sich unser Synthesium zusammengefunden hat!"

„Darf ich wieder einmal raten? Ja?"

„Meinetwegen, sie können es ja doch nicht lassen."

„Sie haben mich nach der zwölften, vielleicht auch schon nach der neunten, Stufe übernommen. Zufall? Kaum! Sie hatten von Beginn an etwas ganz spezielles mit mir vor. Und was, wenn ich fragen darf, könnte das anderes sein, als mich für sie zu gewinnen!?"

„Hoppla! Ist das jetzt nicht doch ein sehr gewagter Schluss? Okay, wir haben sie aus bestimmten Gründen von unserem Partner übernommen. Aber muss das unbedingt gleich ein persönliches Interesse beinhalten?"

„Nun mal langsam. Ich gehe einmal davon aus, dass die Zuordnung eines Prüfers festgelegten Regeln unterliegt. Es kann sicherlich nicht jeder der es gerade wünscht einen bestimmten Patienten, oder Probanden oder wie auch immer sie es sonst nennen möchten, übernehmen. Wenn also – und noch dazu während einer Befragung! – ein Prüfer einem anderen weichen muss, dann bedarf es dazu sicherlich besonderer Gründe. Und wer beurteilt diese Umstände? Ein höher Gestellter. Sprich: Das Ganze wird zur Chefsache. Ergo: Sie sind der Chef dieser Prüfer-Truppe! Und was, frage ich sie, spricht dagegen dass dieser Chef dann ein persönliches Interesse an jenem Patienten hat?"

Die 38. Stufe – Bewerbung

„Für mich wird es schön langsam schwer, ihnen Paroli zu bieten. Es ist so, als hätten sie bereits auf jede Frage eine passende Antwort. Es ist mir nicht einmal gelungen sie aufs Glatteis zu führen."

„Entweder haben sie sich nicht genügend angestrengt, – Etwas das ich partout nicht glauben kann! – oder sie lassen mir bewusst entsprechenden Spielraum. Ich glaube nicht, dass sie an den Grenzen ihrer Möglichkeiten sind. Ich denke da nur an das Rätsel mit Tokyo und Kyoto. Also machen sie sich nicht kleiner als sie sind!"

„Kann ich eigentlich noch ein Gespräch mit ihnen führen, bei dem sie mir nicht gleich vorwerfen, sie nur zu gängeln?"

„Das haben jetzt sie gesagt! Ich hätte nie von Gängeln gesprochen. Ich spräche allerhöchstens von einem sanften Führen. Was mich letztendlich auch dazu gebracht hat, mich ihnen anschließen zu wollen!"

„Trotzdem: Wie ist das nun mit einem ‚normalen' Gespräch?"

„Solange sie mich nur zu ganz speziellen Themen befragten und sich sozusagen von meinen persönlichen Spinnereien berieseln ließen, gab es offenbar keine Probleme. Entweder haben sie genug von diesen Phantasien, oder sie wollen mich auf reichlich subtile Art auf ihre Qualitäten hinweisen."

„Das war noch immer keine Antwort auf meine Frage."

„Dann sprechen wir doch ‚normal'. Was hatten sie heute zu Mittag?"

„Sie wissen genau, dass wir nicht in diesem Sinne Nahrung aufnehmen können oder müssen. Was wollen sie damit zum Ausdruck bringen?"

„Dass wir, jedenfalls im Moment, keinen Smalltalk führen können. Dazu sind wir schon aus unserer unterschiedlichen Stellung heraus gar nicht in der Lage. Wenn sie mit mir lediglich plaudern möchten, dann hätten sie mir beispielsweise bereits vor etlichen Runden das ‚Du' angeboten. Haben sie aber nicht. Warum? Weil sie ihren Status nicht gefährden wollten. Dieser wäre jedoch sofort dahin, wenn die Angelegenheit zu persönlich wird!"

„Legen sie Wert auf das Du-Wort?"

„Das wäre vermessen! Nein, das war lediglich als Beispiel gemeint. Es geht ja auch gar nicht um derartige Details, es geht darum, warum wir kein normales Gespräch führen KÖNNEN!"

„Was dann, denken sie, tun wir hier eigentlich?"

„Wir führen ein Bewerbungsgespräch. Allerdings eines, bei dem ich die Möglichkeit erhalten habe, meine Vorzüge – oder eben auch Nachteile – in einer Form zu präsentieren, die vielleicht ungewöhnlich, nichtsdestotrotz jedoch sehr effizient ist. Genau wie bei jeder anderen Bewerbung werde ich die längste Zeit darüber im Unklaren gelassen, wie meine Chancen stehen, diese Bewerbung mit einem positiven Bescheid zu beenden. Das scheint nicht weiter ungewöhnlich zu sein, jedoch gibt es, meiner Meinung nach, einen ganz wesentlichen Unterschied. Am Ende des Gesprächs heißt es dann nicht ‚Wir melden uns bei ihnen', sondern sie müssen gewissermaßen Farbe bekennen: Ja oder Nein!"

„Wieso sind sie so sicher, dass wir nicht ebenfalls ‚Wir melden uns bei ihnen' sagen können? Könnte es nicht sein, dass sie mehrere Bewerbungen absolvieren müssen ... oder dürfen?"

„Ich weiß es nicht. Es ist nur so ein Gefühl, das sie mir durch ihr gesamtes Verhalten vermittelt haben."

„Und wie sehen sie ihre Chancen?"

„Im Grunde genommen recht gut."

„Also dann: „Ja."

„Heißt das jetzt: Ich bin angenommen?"

„Ja. Herzlichen Glückwunsch! Es steht ihnen nunmehr nur noch die eigentliche Aufnahme bevor."

Die 39. Stufe – Aufnahme

Schlagartig veränderte sich meine Umgebung. Sie hatte nichts mehr von der von mir entworfenen ‚Paradiesumgebung' zu tun. Auch nichts mehr von einem ‚Bildschirmschoner' oder dem ‚Leeren Raum, der mit Fragen und Wünschen zu befüllen war'.

Sie hatte auch nichts mit einer, wie auch immer gearteten, Vorstellung eines ‚Nichts', einer ‚Leere' zu tun. Sie hatte mit keiner auch nur irgendwie beschreibbaren Umgebung irgendetwas gemein. Sie war einfach erfüllt von ... Leben! In meinem speziellen Fall, und das wusste ich in diesem Moment mit absoluter Sicherheit, war es das Leben von 2 Millionen 117 Tausend und 351 ständig in Bewegung befindlicher Individuen, welche sich um mich scharten um mir zu meinem Entschluss mich ihnen anzuschließen zu gratulieren.

Auch dass dieser Zusammenschluss das Ergebnis meines Wunsches war, wenngleich sie alle natürlich auch damit einverstanden waren, wusste ich jetzt definitiv. Jeder einzelne von ihnen stellte sich bei mir ‚vor', indem er sich einerseits in seiner ursprünglichen Gestalt zeigte und andererseits in einer Form, welche ich einfach als ‚Seelenleuchten' bezeichnen möchte.

Ich erkannte auch, wie ich bereits früher vermutet hatte, dass selbstverständlich im Laufe meiner Prüfung immer wieder andere Individuen die Stelle des Prüfers eingenommen hatten. Manche davon konnte ich wiedererkennen, andere hatte ich bisher noch nicht zu Gesicht bekommen. Und da sehr viele von ihnen in keiner Weise mit der Form von Menschen zu tun hatten, mit denen ich bisher gelebt hatte, erschloss sich vor mir damit auch die wahre Vielfalt des Universums!

‚Zu Gesicht' ist natürlich nicht wörtlich zu verstehen. Aber die Art der Wahrnehmung war wohl eine ähnliche. Wenngleich sie nicht die einzige war sondern ein Konglomerat von vielleicht vierzig bis fünfzig Empfindungen. Es waren durchaus auch solche wie Riechen oder Temperaturempfindungen dabei, aber die Mehrzahl war eher etwas Emotionales. Und selbstverständlich auch das zuletzt vermisste DU.

Wenig überraschend stellte ich fest, dass ich danach jedes einzelne der Millionen Wesen einzeln erkennen konnte. Auch einzeln anrufen oder sonst wie auf mich aufmerksam machen konnte. Und noch etwas ganz Wichtiges: Ich hatte das Gefühl sie alle bereits seit ewigen Zeiten zu kennen! Sie alle waren mir so vertraut, als wären wir Zeit meines Lebens die besten Freunde gewesen!

Ich war von dermaßen überwältigenden Glücksgefühlen erfüllt und hatte das untrügliche Gefühl bei jedem Einzelnen von ihnen dieselben erfüllenden Gefühle zu spüren, dass mir geradezu schwindlig wurde! Und wenn mir diese Bezeichnung nicht selbst so profan erschienen wäre, so würde ich sagen:

Ich bin Zuhause angekommen.

Humane Grundregeln

Tugenden:

Demut   (*humilitas*)
Mildtätigkeit (*caritas*)
Keuschheit (*castitas*)
Geduld   (*patientia*)
Mäßigung   (*temperantia*)
Wohlwollen (*humanitas*)
Fleiß   (*industria*)

Untugenden:

Hochmut/Stolz (*superbia*)
Geiz/Habgier   (*avaritia*)
Wollust   (*luxuria*)
Zorn   (*ira*)
Völlerei/Unmäßigkeit   (*gula*)
Neid   (*invidia*)
Faulheit   (*acedia*)

Die sittlichen Grundregeln des Buddhismus

Die Fünf Silas:

(1) Ich gelobe, mich darin zu üben, kein Lebewesen zu töten oder zu verletzen.

(2) Ich gelobe, mich darin zu üben, nichts zu nehmen, was mir nicht gegeben wird.

(3) Ich gelobe, mich darin zu üben, keine ausschweifenden sinnlichen Handlungen auszuüben.

(4) Ich gelobe, mich darin zu üben, nicht zu lügen und wohlwollend zu sprechen.

(5) Ich gelobe, mich darin zu üben, keine Substanzen zu konsumieren, die den Geist verwirren und das Bewusstsein trüben.